紅樓夢第八十一回

占旺相四美釣游魚　奉嚴詞兩番入家塾

且說迎春歸去之後邢夫人像沒有這事倒是王夫人撫養了一場却甚實傷感在房中自已歎息了一回只見寶玉走來請安看見王夫人臉上似有淚痕也不敢坐只在傍邊站着王夫人叫他坐下寶玉纔捱上炕來就在王夫人身傍坐了王夫人見他呆呆的瞅着似有欲言不言的光景便道你又為什麼這樣呆呆的寶玉道並不為什麼只是昨兒聽見二姐姐這種光景我實在替他受不得雖不敢告訴老太太却這兩夜只是睡不着我想咱們這樣人家的姑娘那裡受得這樣的委屈況且

二姐姐是個最懦弱的人向來不會和人拌嘴偏偏兒的遇見這樣沒人心的東西竟一點兒不知道女人的苦處說着幾乎滴下淚來王夫人道這也是沒法兒的事俗語說的嫁出去的女孩兒潑出去的水叫我能怎麼樣呢寶玉道我昨兒夜裡倒想了一個主意咱們索性回明了老太太把二姐姐接回來還叫他紫菱洲住着仍舊我們姐妹弟兄們一塊兒吃一塊兒頑省得受孫家那混賬行子的氣等他來接偺們硬不叫他去由他接一百回咱們留一百回只說是老太太的主意這個豈不好呢王夫人聽了又好笑又好惱說道你又發了獃氣了混說的是什麼大凡做了女孩兒終久是要出門子的嫁到人家去

媳家那裡顧得也只好看他自已的命運碰的好就好碰的不好也就没法兒你難道没聽見人說嫁鷄隨鷄嫁狗隨狗那裡個個都像你大姐做娘娘呢况且你二姐姐是新媳婦孫姑爺也還是年輕的人各人有各人的脾氣新来乍到自然要有些扭彆的過幾年大家摸着脾氣兒生兒長女以後那就好了你斷斷不許在老太太跟前說起半個字我知道了是不依你的快去幹你的去罷别在這裡混說了說的寶玉也不敢作聲坐了一回無精打彩的出來了彆著一肚子悶氣無處可泄走到園中一逕往瀟湘館來剛進了門便放聲大哭起來黛玉正在梳洗纔畢見寶玉這個光景倒嚇了一跳問是怎麼了合誰

慪了氣了連問幾聲寶玉低着頭伏在桌子上嗚嗚咽咽哭的說不出話來黛玉便在椅子上怔怔的瞅著他一會子問道到底是别人合你慪了氣了還是我得罪了你呢寶玉搖手道都不是都不是黛玉道那麼着爲什麼這麼傷心起來寶玉道我只想著偺們大家越早些死的越好活著真真没有趣兒黛玉聽了這話更覺驚訝道這是什麽話你真正發了瘋了不成寶玉道也並不是我發瘋我告訴你你也不能不傷心前兒二姐姐回來的樣子和那些話你也都聽見看見了我想人到了大的時候爲什麽要嫁嫁出去受人家這般苦楚還記得偺們初結海棠社的時候大家吟詩做東道那時候何等熱鬧如今寶

姐姐家去了連香菱也不能過來二姐姐又出了門子了幾個知心知意的人都不在一處弄得這樣光景我原打算去告訴老太太接二姐姐回來誰知太太不依倒說我獃混說我又不敢言語這不多幾時你瞧瞧園中光景已經大變了若再過幾年又不知怎麼樣了故此越想不由的人心裡難受起來黛玉聽了這番言語把頭漸漸的低了下去身子漸漸的退至炕上一言不發歎了口氣便向裡躺下去了紫鵑剛拿進茶來見他兩個這樣正在納悶只見襲人來了進來看見寶玉便道二爺在這裡呢麼老太太那裡叫呢我估量著二爺就是在這裡黛玉聽見是襲人便欠身起來讓坐黛玉的兩個眼圈兒已經哭

的通紅了寶玉看見道妹妹我剛纔說的不過是些獃話你也不用傷心了要想我的話時身子更要保重纔好你歇歇兒罷老太太那邊叫我我看看去就來說着往外走了襲人悄問黛玉道你兩個人又為什麼黛玉道他為他二姐姐傷心我是剛纔眼睛發癢揉的並不為什麼襲人也不言語忙跟了寶玉出來各自散了寶玉來到賈母那邊賈母却已經歇晌只得回到怡紅院到了午後寶玉睡了中覺起來甚覺無聊隨手拿了一本書看襲人見他看書忙去沏茶伺候誰知寶玉拿的那本書却是古樂府隨手翻來正看見曹孟德對酒當歌人生幾何一首一覺刺心因放下這一本又拿一本看時却是晉文翻了幾

頁忽然把書掩上托著腮只管痴痴的坐著襲人倒了茶來見他這般光景便道你為什麼又不看了寶玉也不答言接過茶來喝了一口便放下了襲人一時摸不着頭腦也只管站在傍邊獃獃的看着他忽見寶玉站起來嘴裡咕咕噥噥的說道好一個放浪形骸之外襲人聽了又好笑又不敢問他只得勸道你若不愛看這些書不如還到園裡逛逛也省得悶出毛病來那寶玉一面口中答應只管出着神往外走了一時走到沁芳亭但見蕭疎影象人去房空又來至蘅蕪院更是香草依然門牕掩閉轉過藕香榭來遠遠的只見幾個人在蓼溆一帶闌干上靠著有幾個小丫頭蹲在地下找東西寶玉輕輕的走在假山背後聽著只聽一個說道看他洑上來不洑上來好似李紋的語音一個笑道好下去了我知道他不上來的這個却是探春的聲音一個又道是了姐姐你别動只管等着他橫豎上來一個又說上來了這兩個是李綺邢岫烟的聲兒寶玉忍不住拾了一塊小磚頭兒往那水裡一撂咕咚一聲四個人都嚇了一跳驚訝道這是誰這麼促狹唬了我們一跳寶玉笑着從山子後直跳出來笑道你們好樂啊怎麼不叫我一聲兒探春道我就知道再不是别人必是二哥哥這麼淘氣沒什麼說的你好好兒的賠我們的魚罷剛纔一個魚上來剛剛兒的要釣着叫你唬跑了寶玉笑道你們在這裡頑竟不找我我還要罰你

們呢大家笑了一回寶玉道偺們大家今兒釣魚占占誰的運
氣好看誰釣得着就是他今年的運氣好釣不着就是他今年
運氣不好偺們誰先釣探春便讓李紋李紋不肯探春笑道這
樣就是我先釣回頭向寶玉說道二哥哥你再赶走了我的魚
我可不依了寶玉道頭裡原是我要嚇你們頑這會子你只管
釣罷探春把絲繩拋下沒十來句話的工夫就有一個楊葉竄
兒吞着鈎子把漂兒墜下去探春把竿一挑往地下一撩却是
活迸的侍書在滿地上亂抓兩手捧着擱在小磁罈內清水養
著探春把釣竿遞與李紋李紋也把釣竿垂下但覺絲兒一動
忙挑起來却是個空鈎子又垂下去半晌鈎絲一動又挑起來

還是空鈎子李紋把那鈎子拿上來一瞧原來往裡鈎了李紋
笑道怪不得釣不著忙叫素雲把鈎子敲好了換上新虫子上
邊貼好了葦片兒垂下去一會兒見葦片直沉下去急忙提起
來倒是一個二寸長的鯽瓜兒李紋笑著道寶哥哥釣罷寶玉
道索性三妹妹合邢妹妹釣了我再釣岫烟却不答言只見李
綺道寶哥哥先釣罷說着水面上起了一個泡兒探春道不必
儘着讓了你看那魚都在三妹妹那邊呢還是三妹妹快着釣
罷李綺笑著接了釣竿兒果然沉下去就釣了一個然後岫烟
來釣著了一個隨將竿子仍舊遞給探春探春纔遞與寶玉寶
玉道我是要做姜太公的便走下石磯坐在池邊釣起來豈知

那水裡的魚看見人影兒都躲到別處去了寶玉掄着釣竿等了半天那釣絲兒動也不動剛有一個魚兒在水邊吐沫寶玉把竿子一幌又唬走了急的寶玉道我最是個性兒急的人他偏性兒慢這可怎麼樣呢好魚兒快來罷你也成全成全我呢說的四人都笑了一言未了只見釣絲微微一動寶玉喜極滿懷用力往上一兜把釣竿往石上一碰折作兩段絲也振斷了鈎子也不知往那裡去了衆人越發笑起來探春道再沒見像你這樣鹵人正說着只見麝月慌慌張張的跑來說二爺老太太醒了叫你快去呢五個人都唬了一跳探春便問麝月道老太太叫二爺什麼事麝月道我也不知道就只聽見說是什麼

鬧破了叫寶玉來問還要叫璉二奶奶一塊兒查問呢嚇得寶玉發了一回獃說道不知又是那個丫頭遭了瘟了探春道不知什麼事二哥哥你快去有什麼信兒先叫麝月來告訴我們一聲兒說着便同李紋李綺岫烟走了寶玉走到賈母房中只見王夫人陪着賈母摸牌寶玉看見無事纔把心放下了一半賈母見他進來便問道你前年那一次得病的時候後來虧了一個瘋和尚和個瘸道士治好了的那會子病裡你覺得是怎麼樣寶玉想了一回道我記得得病的時候兒好好的站着倒像背地裡有人把我攔頭一棍疼的眼睛前頭漆黑看見滿屋子裡都是些青面獠牙拿刀舉棒的惡鬼躺在炕上覺着腦袋

上加了幾個腦箍是的已後便疼的任什麽不知道了到好的時候又記得堂屋裡一片金光直照到我床上來那些鬼都跑着躲避就不見了我的頭也不疼了心上也就清楚了賈母告訴王夫人道這個様兒也就差不多了說着鳳姐也進來了見了賈母又回身見過了王夫人說道老祖宗要問我什麽賈母道你那年中了邪的時候兒你還記得麽鳳姐兒笑道我也不很記得了但覺自已身子不由自主倒像有什麽人拉拉扯扯要我殺人纔好有什麽拿什麽見什麽殺什麽自已原覺很乏只是不能住手賈母道好的時候兒呢鳳姐道好的時候好像空中有人說了幾句話是的却不記得說什麽来着賈母道這麽看起来竟是他了他姐兒兩個病中的光景合纔說的一樣這老東西竟這樣壞心寶玉枉認了他做乾媽倒是這個和尚道人阿彌陀佛纔是救寶玉性命的只是没有報答他鳳姐道怎麽老太太想起我們的病来呢賈母道你問你太太我懶待說王夫人道纔剛老爺進來說起寶玉的乾媽竟是個混賬東西邪魔外道的如今鬧破了被錦衣府拿住送入刑部監要問死罪的了前幾天被人告發的那個人叫做什麽潘三保有一所房子賣給斜對過當舖裡這房子加了幾倍價錢潘三保還要加當舖裡那裡還肯潘三保便買囑了這老東西因他常到當舖裡去那當舖裡人的内眷都和他好的他就使了個法

見叫人家的內人便得了邪病家翻宅亂起來他又去說這個病他能治就用些神馬紙錢燒献了果然見效他又向人家內眷們要了十幾兩銀子豈知老佛爺有眼應該敗露了這一天急要回去掉了一個絹包兒當舖裡人撿起來一看裡頭有許多紙人還見四丸子狠香的香正詫異着呢那老東西倒回來我這絹包兒這裡的人就把他拿住身邊一搜搜出一個匣子裡面有象牙刻的一男一女不穿衣裳光着身子的兩個魔王還有七根硃紅綉花針立時送到錦衣府去問出許多官員家大戶太太姑娘們的隱情事來所以知會了營裡把他家中一抄抄出好些泥塑的煞神幾匣子悶香炕背後空屋子裡掛著

一盞七星燈燈下有幾個草人有頭上戴着腦箍的有胸前穿着釘子的有項上拴著鎖子的櫃子裡無數紙人兒底下幾篇小賬上面記著某家驗過應找銀若干得人家有錢香分也不計其數鳳姐道偺們的病一準是他我記得偺們病後那老妖精向趙姨娘那裡來過幾次和趙姨娘討銀子見了我就臉上變貌變色兩眼黧雞是的我當初還猜了幾遍總不知什麼原故如今說起來却原來都是有因的但只我在這裡當家自然惹人恨怨怪不得別人治我寶玉可合人有什麼讐呢忍得下這麼毒手賈母道焉知不因我疼寶玉不疼環兒竟給你們種了毒了呢王夫人道這老貨已經問了罪决不好叫他來對証

没有對証趙姨娘那裡肯認賬事情又大鬧出来外面也不雅等他自作自受少不得要自已敗露的賈母道你這話說的也是這樣事沒有對証也難作準只是佛爺菩薩看的真他們姐兒兩個如今又比誰不濟了呢罷了過去的事鳳哥兒也不必提了今日你合你太太都在我這邊吃了晚飯再過去䏻遂叫鴛鴦琥珀等傳飯鳳姐赶忙笑道怎麽老祖宗倒操起心来王夫人也笑了只見外頭幾個媳婦伺候鳳姐連忙告訴小丫頭子傳飯我合太太都跟着老太太吃正說着只見玉釧兒走來對王夫人道老爺要找一件什麽東西請太太伺候了老太太的飯完了自已去找一找呢賈母道你去罷保不住你老爺有

要緊的事王夫人答應着便留下鳳姐兒伺候自已退了出来回到房中合賈政說了些閒話把東西找出來了賈政便問道迎兒已經回去了他在孫家怎麽樣王夫人道迎丫頭一肚子眼淚說孫姑爺兇横的了不得因把迎春的話述了一遍賈政嘆道我原不知是對頭無奈大老爺已說定了叫我也没法不過迎丫頭受些委屈罷了王夫人道這還是新媳婦只指望他已後好了好說着嘔的一笑賈政道笑什麽王夫人道我笑寶玉兒早起特特的到這屋裡來說的都是些小孩子話賈政道他說什麽王夫人把寶玉的言語笑述了一遍賈政也忍不住的笑因又說道你提寶玉我正想起一件事來了這孩子天天

放在園裡也不是事生女兒不得濟還是別人家的人生兒若不濟事關係非淺前日倒有人和我提起一位先生來學問人品都是極好的也是南邊人但我想南邊先生性情最是和平咱們城裡的孩子個個踢天弄井鬼聰明倒是有的可以搪塞就搪塞過去了膽子又大先生再要不肯給沒臉一日哄哥兒是的沒的白耽悞了所以老輩子不肯請外頭的先生只在本家擇出有年紀再有點學問的請來掌家塾如今儒大太爺雖學問也只中平但還彈壓的住這些小孩子們不至以顢頇了事我想寶玉閒着總不好不如仍舊叫他家塾中讀書去罷了王夫人道老爺說的狠是自從老爺外任去了他又常病竟耽

擱了好幾年如今且在家學裡溫習溫習也是好的賈政點頭又說些閒話不題且說寶玉次日起來梳洗已畢早有小廝們傳進話來說老爺叫二爺說話寶玉忙整理了衣裳來至賈政書房中請了安站着賈政道你近來作些什麼功課雖有幾篇字也算不得什麼我看你近來的光景越發比頭幾年散蕩了況且每每聽見你推病不肯念書如今可大好了我還聽見你天天在園子裡和姐妹們頑頑笑笑甚至和那些丫頭們混鬧把自已的正經事總丢在腦袋後頭就是做得幾句詩詞也並不怎麼樣有什麼稀罕處比如應試選舉到底以文章為主你這上頭倒沒有一點兒工夫我可囑咐你自今日起再不許做

詩做對的了单要習學八股文章限你一年若毫無長進你也不用念書了我也不願有你這樣的兒子了遂叫李貴來說明兒一早傳焙茗跟了寶玉去收拾應念的書籍一齊拿過來我看看親自送他到家學裡去喝命寶玉去罷明日起早來見我寶玉聽了半日竟無一言可答因回到怡紅院來襲人正在着急聽信見說取書倒也喜歡獨是寶玉要人即刻送信給賈母欲叫攔阻賈母得信便命人叫過寶玉來告訴他說只管放心先去別叫你老子生氣有什麼難為你有我呢寶玉沒法只得回來囑咐了丫頭們明日早早叫我老爺要等着送我到家學裡去呢襲人等答應了同麝月兩個倒替着醒了一夜次日一

早襲人便叫醒寶玉梳洗了換了衣裳打發小丫頭子傳了焙茗在二門上伺候拿着書籍等物襲人又催了兩遍寶玉只得出來過賈政書房中來先打聽老爺過來了沒有書房中小廝答應方纔一位清客相公請老爺回話裡邊說梳洗呢命清客相公出去候着去了寶玉聽了心裡稍稍安頓連忙到賈政這邊來恰好賈政着人來叫寶玉便跟着進去賈政不免又吩咐幾句話帶了寶玉上了車焙茗拿着書籍一直到家塾中來早有人先搶一步回代儒說老爺來了代儒站起身來賈政早已走入向代儒請了安代儒拉着手問了好又問老太太近日安麼寶玉過來也請了安賈政站着請代儒坐了然後坐下賈政

道我今日自已送他來因要求托一番這孩子年紀也不小了到底要學個成人的舉業纔是終身立身成名之事如今他在家中只是和些孩子們混鬧雖懂得幾句詩詞也是胡謅亂道的就是好了也不過是風雲月露與一生的正事毫無關涉代儒道我看他相貌也還體面靈性也還去得為什麼不念書只是心野貪頑詩詞一道不是學不得的只要發達了已後再學還不遲呢賈政道原是如此目今只求叫他讀書講書作文章倘或不聽教訓還求太爺認真的管教管教他纔不至有名無寔的白躭悞了他的一世說畢站起來又作了一個揖然後說了些閒話纔辭了出去代儒送至門首說老太太前替我問好

請安罷賈政答應着自已上車去了代儒回身進來看見寶玉在西南角靠窗戶擺着一張花梨小棹右邊堆下兩套舊書薄薄兒的一本文章叫焙茗將紙墨筆硯都擱在抽屜裡藏着代儒道寶玉我聽見說你前兒有病如今可大好了寶玉站起來道大好了代儒道如今論起來你可也該用功了你父親望你成人懇切的很你且把從前念過的書打頭兒理一遍每日早起理書飯後寫字晌午講書念幾遍文章就是了寶玉答應了個是回身坐下時不免四面一看見昔時金榮輩不見了幾個又添了幾個小學生都是些粗俗異常的忽然想起秦鐘來如今沒有一個做得伴說句知心話兒的心上淒然不樂郤不敢

作聲只是悶着看書代儒告訴寶玉道今日頭一天早些放你家去罷明日要講書了但是你又不是很愚夯的明日我倒要你先講一兩章書我聽試試你近來的工課何如我纔曉得你到怎麽個分兒上頭說的寶玉心中亂跳欲知明日講解何如且聽下回分解

紅樓夢第八十一回終

紅樓夢第八十二回

老學究講義警頑心　病瀟湘痴魂驚惡夢

話說寶玉下學回來見了賈母賈母笑道好了如今野馬上了籠頭了去罷見見你老爺去來散散兒去罷寶玉答應着去見賈政賈政道這早晚就下了學了麼師父給你定了工課沒有寶玉道定了早起理書飯後寫字晌午講書念文章賈政聽了點點頭兒因道去罷還到老太太那邊陪着坐坐去你也該學些人功道理別一味的貪頑晚上早些睡天天上學早些起來你聽見了寶玉連忙答應幾個是退出來忙忙又去見王夫人又到賈母那邊打了個照面兒赶著出來恨不得一走就走到

瀟湘館纔好剛進門口便拍着手笑道我依舊回來了猛可裡倒唬了黛玉一跳紫鵑打起簾子寶玉進來坐下黛玉道我恍惚聽見你念書去了這麼早就回來了寶玉道噯呀了不得我今兒不是被老爺叫了念書去了麼心上倒像沒有和你們見面的日子了好容易熬了一天這會子瞧見你們竟如死而復生的一樣真真古人說一日三秋這話再不錯的黛玉道你上頭去過了沒有寶玉道都去過了黛玉道別處呢寶玉道沒有黛玉道你也該瞧瞧他們去寶玉道我這會子懶待動了只和妹妹坐着說一會子話兒罷老爺還叫早睡早起只好明兒再瞧他們去了黛玉道你坐坐兒可是正該歇歇兒去了寶玉道

我那裡是乏只是悶得慌這會子僧們坐着纔把悶散了你又催起我來黛玉微微的一笑因叫紫鵑把我的龍井茶給二爺沏一碗二爺如今念書了比不得頭裡紫鵑笑着答應去拿茶葉叫小丫頭子沏茶寶玉接着說道還提什麼念書我最厭這些道學話更可笑的是八股文章拿他誆功名混飯吃也罷了還要說代聖賢立言好些的不過拿些經書湊搭湊搭還罷了更有一種可笑的肚子裡原没有什麼東拉西扯弄的牛鬼蛇神還自以為博奥這那裡是闡發聖賢的道理目下老爺口口聲聲叫我學這個我又不敢違拗你這會子還提念書呢黛玉道我們女孩兒家雖然不要這個但小時跟着你們雨村先生

念書也曾看過內中也有近情近理的也有清微淡遠的那時候雖不大懂也覺得好不可一槩抹倒况且你要取功名這個也清貴些寶玉聽到這裡覺得不甚入耳因想黛玉從來不是這樣人怎麽也這樣勢慾薰心起來又不敢在他跟前駁回只在鼻子眼裡笑了一聲正說着忽聽外面兩個人說話却是秋紋和紫鵑只聽秋紋道襲人姐姐叫我老太太那裡接去誰知却在這裡紫鵑道我們這裡纔沏了茶索性讓他喝了再去說着二人一齊進來寶玉和秋紋笑道我就過去又勞動你來找秋紋未及答言只見紫鵑道你快喝了茶去罷人家都想了一天了秋紋啐道呸好混賬丫頭說的大家都笑了寶玉起身纔

辭了出來黛玉送到屋門口兒紫鵑在臺堦下站着寶玉出去
纔回房裏來却說寶玉回到怡紅院中進了屋子只見襲人從
裡間迎出來便問回來了麽秋紋應道二爺早來了在林姑娘
那邊來著寶玉道今日有事沒有襲人道事却沒有方纔太太
叫鴛鴦姐姐來吩咐我們如今老爺發狠叫你念書如有丫鬟
們再敢和你頑笑都要照著晴雯司棋的例辦我想伏侍你一
場賺了這些言語也沒什麽趣兒說着便傷起心來寶玉忙道
好姐姐你放心我只好生念書太太再不說你們了我今兒晚
上還要看書明日師父叫我講書呢我要使喚橫豎有麝月秋
紋呢你歇歇去罷襲人道你要真肯念書我們伏侍你也是歡

喜的寶玉聽了趕忙的吃了晚飯就叫點燈把念過的四書翻
出來只是從何處看起翻了一本看去章章裡頭似乎明白細
按起來却不很明白看着小註又看講章鬧到起更以後了自
已想道我在詩詞上覺得很容易在這個上頭竟沒頭腦便坐
着呆呆的獃想襲人道歇歇罷做工夫也不在這一時的寶玉
嘴裡只管胡亂答應麝月襲人纔伏侍他睡下兩個纔也睡了
及至睡醒一覺聽得寶玉炕上還是翻來覆去襲人道你還醒
著呢麽你倒别混想了養養神明兒好念書寶玉道我也是這
樣想只是睡不著你來給我揭去一層被襲人道天氣不熱别
揭罷寶玉道我心裡煩躁的狠自把被窩褪下來襲人忙爬起

來按住把手去他頭上一摸覺得微微有些發燒襲人道你別動了有些發燒了寶玉道可不是襲人道這是怎麼說呢寶玉道不怕是我心煩的原故你別吵嚷省得老爺知道了必說我裝病逃學不然怎麼病的這麼巧明兒好了原到學裡去就完事了襲人也覺得可憐說道我靠着你睡罷便和寶玉搥了一回脊梁不知不覺大家都睡着了直到紅日高升方纔起來寶玉道不好了晚了急忙梳洗畢問了安就往學裡來了代儒已經變着臉說怪不得你老爺生氣說你沒出息第二天你就懶惰這是什麼時候纔來寶玉把昨兒發燒的話說了一遍方過去了原舊念書到了下晚代儒道寶玉有一章書你來講講寶玉過來一看却是後生可畏章寶玉心上說這還好幸虧不是學庸問道怎麼講呢代儒道你把節旨句子細細兒講來寶玉把這章先朗朗的念了一遍說這章書是聖人勉勵後生教他及時努力不要弄到說到這裡抬頭向代儒一看代儒覺得了笑了一笑道你只管說講書是沒有什麼避忌的禮記上說臨文不諱只管說不要弄到什麼寶玉道不要弄到老大無成先將可畏二字激發後生的志氣後把不足畏二字警惕後生的將來說罷看着代儒代儒道也還罷了串講呢寶玉道聖人說人生少時心思才力樣樣聰明能幹實在是可怕的那裡料的定他後來的日子不像我的今日若是悠悠忽忽到了四十歲

又到五十歲既不能彀發達這種人雖是他後生時像個有用的到了那個時候這一輩子就沒有人怕他了代儒笑道你方纔節旨講的倒清楚只是句子裡有些孩子氣無聞二字不是不能發達做官的話聞是實在自已能彀明理見道就不做官也是有聞了不然古聖賢有遯世不見知的豈不是不做官的人難道也是無聞麼不足畏是使人料得定方與焉知的知字對針不是怕的字眼要從這裡看出方能入細你懂得不懂得寶玉道懂得了代儒道還有一章你也講一講代儒往前揭了一篇指給寶玉寶玉看時吾未見好德如好色者也寶玉覺得這一章那有些刺心便陪笑道這句話沒有什麼講頭代儒道胡說譬如塲中出了這個題目也說沒有做頭麼寶玉不得已講道是聖人看見人不肯好德見了色便好的了不得殊不想德是性中本有的東西人偏都不肯好他至於那個色呢雖也是從先天中帶來無人不好的但是德乃天理色是人慾人那裡肯把天理好的像人慾是的孔子雖是嘆息的話又是望人回轉來的意思并且見得人就有好德的好的終是浮淺直要像色一樣的好起來那纔是真好呢代儒道這也講的罷了我有句話問你你既懂得聖人的話為什麼正犯着這兩件病我雖不在家中你們老爺也不會告訴我其實你的毛病我卻盡知的做一個人怎麼不望長進你這會兒正是後生可畏的時

侯有聞不足畏全在你自巳做去了我如今限你一個月把念過的舊書全要理清再念一個月文章巳後我要出題目叫你作文章了如若懈怠我是斷乎不依的自古道成人不自在自在不成人你好生記着我的話寶玉答應了也只得天天按着功課幹去不提且說寶玉上學之後怡紅院中甚覺清淨閒暇襲人倒可做些活計拿着針線要繡個檳榔包兒想這如今寶玉有了工課丫頭們可也沒有饑荒了早要如此晴雯何至弄到沒有結果兔死狐悲不覺歎起氣來忽又想到自巳終身本不是寶玉的正配原是偏房寶玉的爲人却還拿得住只怕娶了一個利害的自巳便是尤二姐香菱的後身素來看著賈母王夫人光景及鳳姐兒往往露出話來自然是黛玉無疑了那黛玉就是個多心人想到此際臉紅心熱拿著針不知戳到那裡去了便把活計放下走到黛玉處去探探他的口氣黛玉正在那裡看書見是襲人欠身讓坐襲人也連忙迎上來問姑娘這幾天身子可大好了黛玉道那裡能彀不過略硬朗些你在家裡做什麼呢襲人道如今寶二爺上了學屋裡一點事兒沒有因此來瞧瞧姑娘說說話兒說着紫鵑拿茶來襲人忙站起來道妹妹坐着罷因又笑道我前兒聽見秋紋說妹妹背地裡說我們什麼來着紫鵑也笑道姐姐信他的話我說寶二爺上了學寶姑娘又隔斷了連香菱也不過來自然是悶的襲人道

你還提香菱呢這纔苦呢撞著這位太歲奶奶難爲他怎麽過把手伸着兩個指頭道說起來比他還利害連外頭的臉面都不顧了黛玉接着道說他也彀受了尤二姑娘怎麽死了襲人道可不是想來都是一個人不過名分裡頭差些何苦這樣毒外面名聲也不好聽黛玉從不聞襲人背地裡說人今聽此話有因心裡一動便說道這也難說但凡家庭之事不是東風壓了西風就是西風壓了東風襲人道做了旁邊人心裡先怯那裡倒敢欺負人呢說着只見一個婆子在院裡問道這裡是林姑娘的屋子麽那位姐姐在這裡呢雪雁出來一看模糊認的是薛姨媽那邊的人便問道作什麽婆子道我們姑娘打發來給這裡林姑娘送東西的雪雁道略等等兒雪雁進來回了黛玉

黛玉便叫領他進來那婆子進來請了安且不說送什麽只是覷着眼瞧黛玉看的黛玉臉上倒不好意思起來因問道寶姑娘叫你來送什麽婆子方笑着回道我們姑娘叫給姑娘送了一瓶兒蜜餞荔支來回頭又瞧見襲人便問道這位姑娘不是寶二爺屋裡的花姑娘麽襲人笑道媽媽怎麽認的我婆子笑道我們只在太太屋裡看屋子不大跟太太姑娘出門所以姑娘們都不大認得姑娘們碰着到我們那邊去我們都模糊記得說着將一個瓶兒遞給雪雁又回頭看看黛玉因笑著向襲人道怨不得我們太太說這林姑娘和你們寶二爺是一對兒

原來真是天仙似的襲人見他說話造次連忙岔道媽媽你乏了坐坐吃茶罷那婆子笑嘻嘻的道我們那裡忙呢都張羅琴姑娘的事呢姑娘還有兩瓶荔枝叫給寶二爺送去說著顫顫巍巍告辭出去黛玉雖惱這婆子方纔冒撞但因是寶釵使來的也不好怎麼樣他等他出了院門纔說一聲道給你們姑娘道費心那老婆子還只管嘴裡咕咕噥噥的說這樣好模樣兒除了寶玉什麼人擎受的起黛玉只粧沒聽見襲人笑道怎麼人到了老來就是混說白道的叫人聽著又生氣又好笑一時雪雁拿過瓶子來給黛玉看黛玉道我懶待吃拿了擱起去罷又說了一回話襲人纔去了一時晚粧將卸黛玉進了套間猛抬頭看見了荔枝瓶不禁想起日間老婆子的一番混話甚是刺心當此黃昏人靜千愁萬緒堆上心來想起自己身子不牢年紀又大了看寶玉的光景心裡雖沒別人但是老太太舅母又不見有半點意思深恨父母在時何不早定了這頭婚姻又轉念一想道倘若父母在時別處定了婚姻怎能彀似寶玉這般人材心地不如此時尚有可圖心內一上一下輾轉纏綿竟像轆轤一般嘆了一回氣吊了幾點淚無情無緒和衣倒下不知不覺只見小丫頭走來說道外面雨村賈老爺請姑娘黛玉道我雖跟他讀過書却不比男學生要見我做什麼况且他和舅舅往來從未提起我也不必見的因叫小丫頭回覆身上有

病不能出來與我請安道謝就是了小丫頭道只怕要與姑娘道喜南京還有人來接說着又見鳳姐同邢夫人王夫人寶釵等都來笑道我們一來道喜一來送行黛玉慌道你們說什麼話鳳姐道你還粧什麼呆你難道不知道林姑爺陞了湖北的糧道娶了一位繼母十分合心合意如今想着你撂在這裡不成事體因托了賈雨村作媒將你許了你繼母的什麼親戚還說是續絃所以著人到這裡來接你回去大約一到家中就要過去的都是你繼母作主怕的是道兒上沒有照應還叫你璉二哥哥送去說得黛玉一身冷汗黛玉又恍惚父親果在那裡做官的樣子心上急着硬說道沒有的事都是鳳姐姐混鬧只

見邢夫人向王夫人使個眼色兒他還不信呢偺們走罷黛玉含著淚道二位舅母坐坐去衆人不言語都冷笑而去黛玉此時心中乾急又說不出來哽哽咽咽恍惚又是和賈母在一處似是的心中想道此事惟求老太太或還有救於是兩腿跪下去抱着賈母的腿說道老太太救我我南邊是死也不去的况且有了繼母又不是我的親娘我是情願跟着老太太一塊兒的但見賈母呆着臉兒笑道這個不干我的事黛玉哭道老太太這是什麼事呢老太太道續弦也好倒多得一副粧奩黛玉哭道我在老太太跟前决不使這裡分外的閒錢只求老太太救我賈母道不中用了做了女人總是要出嫁的你孩子家不

知道在此地終非了局黛玉道我在這裡情願自己做個奴婢過活自做自吃也是願意只求老太太作主見賈毋總不言語黛玉又抱着賈毋哭道老太太你向來最是慈悲的又最疼我的到了緊急的時候兒怎麽全不管你別說我是你的外孫女兒是隔了一層了我的娘是你的親生女兒看我娘分上也該護庇些說着撞在懷裡痛哭聽見賈毋道鴛鴦你來送姑娘出去歇歇我倒被他鬧乏了黛玉情知不是路了求去無用不如尋個自盡站起來往外就走深痛自己沒有親娘便是外祖母與舅母姊妹們平時何等待的好可見都是假的又一想今日怎麽獨不見寶玉或見他一面他還有法兒便見寶玉站在面前笑嘻嘻的說妹妹大喜呀黛玉聽了這一句話越發急了也顧不得什麽了把寶玉緊緊拉住說好寶玉我今日纔知道你是個無情無義的人了寶玉道我怎麽無情無義你既有了人家兒咱們各自幹各自的了黛玉越聽越氣越沒了主意自得拉着寶玉哭道好哥哥你叫我跟了誰去寶玉道你要不去就在這裡住着你原是許了我的所以你纔到我們這裡來我待你是怎麽樣的你也想想黛玉恍惚又像果曾許過寶玉的心內忽又轉悲作喜問寶玉道我是死活打定主意的了你到底叫我去不去寶玉道我說叫你住下你不信我的話你就瞧瞧我的心說着就拿着一把小刀子往胸口上一劃只見鮮血直

流黛玉嚇得魂飛魄散忙用手握着寶玉的心窩哭道你怎麽
做出這個事來你先來殺了我罷寶玉道不怕我拿我的心給
你瞧還把手在劃開的地方兒亂抓黛玉又顫又哭又怕人撞
破抱住寶玉痛哭寶玉道不好了我的心沒有了活不得了說
着眼睛往上一番咕咚就倒了黛玉拚命放聲大哭只聽見紫
鵑叫道姑娘姑娘怎麽魘住了快醒醒兒脫了衣服睡罷黛玉
一翻身却原來是一塲惡夢喉間猶是哽咽心上還是亂跳枕
頭上已經濕透肩背身心但覺冰冷想了一回父母死的久了
和寶玉尚未放定這是從那裡說起又想夢中光景無倚無靠
再真把寶玉死了那可怎麽樣好一時痛定思痛神魂俱亂又

哭了一回遍身微微的出了一點兒汗扎挣起來把外罩大襖
脫了叫紫鵑蓋好了被窩又躺下去翻來覆去那裡睡得着只
聽得外面淅淅颯颯又像風聲又像雨聲又停了一會子又聽
得遠遠的吆呼聲兒那是紫鵑已在那裡睡着鼻息出入之聲
自己扎挣着爬起來圍着被坐了一會覺得牕縫裡透進一縷
冷風來吹得寒毛直豎便又躺下正要朦朧睡去聽得竹枝上
不知有多少家雀兒的聲兒啾啾唧唧叫個不住那牕上的紙
隔着屜子漸漸的透進清光來黛玉此時已醒得雙眸炯炯一
會兒咳嗽起來連紫鵑都咳嗽醒了紫鵑道姑娘你還沒睡着
麽又咳嗽起來了想是着了風了這會兒牕戶紙發清了也待

好亮起來了歇歇兒罷養養神別儘著想長想短的了黛玉道我何嘗不要睡只是睡不着你睡你的罷說了又嗽起來紫鵑見黛玉這般光景心中也自傷感睡不着了聽見黛玉又嗽連忙起來捧着痰盒這時天已亮了黛玉道你不睡了麽紫鵑笑道天都亮了還睡什麽呢黛玉道既這樣你就把痰盒兒換了罷紫鵑答應着忙出來換了一個痰盒兒將手裡的這個盒兒放在桌上開了套間門出來仍舊帶上門放下撒花軟簾出來叫醒雪雁開了屋門去倒那盒子時只見滿盒子痰痰中有些血星唬了紫鵑一跳不覺失聲道噯喲這還了得黛玉裡面接着問是什麽紫鵑自知失言連忙改說道手裡一滑几乎撂了

痰盒子黛玉道不是盒子裡的痰有了什麽紫鵑道沒有什麽說着這句話時心中一酸那眼淚直流下來聲兒早已岔了黛玉因爲喉間有些甜腥早自疑惑方纔聽見紫鵑在外邊詫異這會子又聽見紫鵑說話聲音帶着悲慘的光景心中覺了八九分便叫紫鵑進來罷外頭看冷着紫鵑答應了一聲這一聲更比頭裡淒慘竟是鼻中酸楚之音黛玉聽了冷了半截看紫鵑推門進來時尚拏絹子拭眼黛玉道大青早起好好的爲什麽哭紫鵑勉強笑道誰哭來這早起起來眼睛裡有些不舒服姑娘今夜大槩比往常醒的時候更大罷我聽見咳嗽了半夜黛玉道可不是越要睡越睡不著紫鵑道姑娘身上不大好依

我說還得自已開解著些身子是根本俗語說的留得青山在依舊有柴燒况這裡自老太太太太起那個不疼姑娘只這一句話又勾起黛玉的夢來覺得心裡一撞眼中一黑神色俱變紫鵑連忙端着痰盒雪雁搥着脊梁半日纔吐出一口痰來痰中一縷紫血簌簌亂跳紫鵑雪雁臉都唬黃了兩個旁邊守着黛玉便昏昏躺下紫鵑看著不好連忙努嘴叫雪雁叫人去雪雁纔出屋門只見翠縷翠墨兩個人笑嘻嘻的走來翠縷便道林姑娘怎麽這早晚還不出門我們姑娘和三姑娘都在四姑娘屋裡講究四姑娘畫的那張園子景兒呢雪雁連忙擺手兒翠縷翠墨二人倒都嚇了一跳說這是什麽原故雪雁將方纔的事一一告訴他二人二人都吐了吐舌頭兒說這可不是頑

的你們怎麽不告訴老太太去這還了得你們怎麽這麽糊塗雪雁道我這裡纔要去你們就來了正說着只聽紫鵑叫道誰在外頭說話姑娘問呢三個人連忙一齊進來翠縷翠墨見黛玉蓋着被躺在床上見了他二人便說道誰告訴你們了你們這樣大驚小怪的翠墨道我們姑娘和雲姑娘纔都在四姑娘屋裡講究四姑娘畫的那張園子圖兒叫我們來請姑娘不知道姑娘身上又欠安了黛玉道也不是什麽大病不過覺得身子畧軟些躺躺兒就起來了你們回去告訴三姑娘和雲姑娘飯後若無事倒是請他們到這裡坐坐罷寶二爺沒到你們那

邊去二人答道沒有翠縷又道寶二爺這兩天上了學了老爺天天要查功課那裡還能像從前那麼亂跑呢黛玉聽了點點不言二人又略站了一回都悄悄的退出來了且說探春湘雲正在惜春那邊評論惜春所畫大觀園圖說這個多一點那個少一點這個太疎那個太密大家又議着題詩著人去請黛玉商議正說着忽見翠縷翠墨二人回來神色匆忙湘雲便先問道林姑娘怎麼不來翠縷道林姑娘昨日夜裡又犯了病了咳嗽了一夜我們聽見雪雁說吐了一盒子痰血探春聽了詫異道這話真麼翠縷道怎麼不真翠墨道我們剛纔進去去瞧了瞧顏色不成顏色說話兒的氣力兒都微了湘雲道不好的這

麼着怎麼還能說話呢探春道怎麼你這麼糊塗不能說話不是已經說到這裡却咽住了惜春道林姐姐那樣一個聰明人我看他總有些瞧不破一點半點兒都要認起真來天下事那裡有多少真的呢探春道既這麼着咱們都過去看看倘若病的利害咱們也過去告訴大嫂子回老太太傳大夫進來瞧瞧也得個主意湘雲道正是這樣惜春道姐姐們先去我回來再過去于是探春湘雲扶了小丫頭都到瀟湘館來進入房中黛玉見他二人不免又傷起心來因又轉念想起夢中連老太太尚且如此何況他們況且我不請他們他們還不來呢心裡雖是如此臉上却礙不過去只得勉強令紫鵑扶起口中讓坐探

春湘雲都坐在床沿上一頭一個看了黛玉這般光景也自傷感探春便道姐姐怎麽身上又不舒服了黛玉道也沒什麽要緊只是身子軟得很紫鵑在黛玉身後偷偷的用手指那痰盒兒湘雲到底年輕性情又兼直爽伸手便把痰盒拿起來看不看則已看了嚇的驚疑不止說這是姐姐吐的這還了得初時黛玉昏昏沉沉吐了也沒細看此時見湘雲這麽說回頭看時自己早已灰了一半探春見湘雲冒失連忙解說道這不過是肺火上炎帶出一半點來也是常事偏是雲丫頭不拘什麽就這樣蠍蠍螫螫的湘雲紅了臉自悔失言探春見黛玉精神短少似有煩倦之意連忙起身說道姐姐靜靜的養養神罷我們

回來再瞧你黛玉道累你二位惦着探春又囑咐紫鵑好生留神伏侍姑娘紫鵑答應著探春纔要走只聽外面一個人嚷起來未知是誰下回分解

紅樓夢第八十二回終

紅樓夢第八十三回

省宮闈賈元妃染恙　鬧閨閫薛寶釵吞聲

話說探春湘雲纔要走時忽聽外面一個人嚷道你這不成人的小蹄子你是個什麽東西來這園子裡頭混攪黛玉聽了大叫一聲道這裡住不得了一手指着窗外兩眼反插上去原來黛玉住在大觀園中雖靠着賈母疼愛然在別人身上凡事終是寸步留心聽見窗外老婆子這樣罵着在別人呢一句是貼不上的竟像專罵着自己的自思一個千金小姐只因没了爹娘不知何人指使這老婆子來這般辱罵那裡委屈得來因此肝腸崩裂哭的過去了紫鵑只是哭叫姑娘怎麽樣了快醒來罷探春也叫了一回半晌黛玉回過這口氣還說不出話來那

雙手仍向窗外指着探春會意開門出去看見老婆子手中拿着拐棍赶着一個不干不凈的毛丫頭道我是爲照管這園中的花菓樹木來到這裡你作什麽來了等我家去打你一個知道這丫頭扭着頭把一個指頭探在嘴裡瞅着老婆子笑探春罵道你們這些人如今越發没了王法了這裡是你罵人的地方兒嗎老婆子見是探春連忙陪着笑臉兒說道剛纔是我的外孫女兒看見我來了他就跟了來我怕他鬧所以纔吆喝他叫去那裡敢在這裡罵人呢探春道不用多說了快給我都出去這裡林姑娘身上不大好還不快去麽老婆子答應了幾個

是說著一扭身去了那丫頭也就跑了探春同來看見湘雲拉着黛玉的手只管哭紫鵑一手抱着黛玉一手給黛玉揉胸口黛玉的眼睛方漸漸的轉過來了探春笑道想是聽見老婆子的話你疑了心了麼黛玉只搖搖頭兒探春道他是爲他外孫女兒我纔剛也聽見了這種東西說話再沒有一點道理的他們懂得什麼避諱黛玉聽了歎了口氣拉着探春的手道姐兒叫了一聲又不言語了探春又道你別心煩我來看你是姊妹們應該的你又少人伏侍只要你安心肯吃藥心上把喜歡事兒想想能殼一天一天的硬朗起來大家依舊結社做詩豈不好呢湘雲道可是三姐姐說的那麼著不樂黛玉哽咽道你們

只顧要我喜歡可憐我那裡赶得上這日子只怕不能殼了探春道你這話說的太過了誰沒個病兒災兒的那裡就想到這裡來了你好生歇歇兒罷我們到老太太那邊回來再看你你要什麼東西只管叫紫鵑告訴我黛玉流淚道好妹妹你到老太太那裡只說我請安身上畧有點不好不是什麼大病也不用老太太煩心的探春答應道我知道你只管養着罷說著纔同湘雲出去了這裡紫鵑伏着黛玉躺在床上地下諸事自有雪雁照料自已只守着傍邊看着黛玉又是心酸又不敢哭泣那黛玉閉著眼躺了半晌那裡睡得著覺得園裡頭平日只見寂寞如今躺在床上偏聽得風聲虫鳴聲鳥語聲人走的脚步

步聲又像遠遠的孩子們啼哭聲一陣一陣的聒噪的煩躁起來因叫紫鵑放下帳子來雪雁捧了一碗燕窩湯遞給紫鵑紫鵑隔着帳子輕輕問道姑娘喝一口湯罷黛玉微微應了一聲紫鵑復將湯遞給雪雁自己上來攙扶黛玉坐起然後接過湯來擱在唇邊試了一試一手摟着黛玉肩臂一手端着湯送到唇邊黛玉微微睜眼喝了兩三口便搖搖頭兒不喝了紫鵑仍將碗遞給雪雁輕輕扶黛玉睡下靜了一時略覺安頓只聽窗外悄悄問道紫鵑妹妹在家麽雪雁連忙出來見是襲人因悄悄說道姐姐屋裡坐着襲人也便悄悄問道姑娘怎麽着一面走一面雪雁告訴夜間及方纔之事襲人聽了這話也唬怔了

因說道怪道剛纔翠縷到我們那邊說你們姑娘病了唬的寶二爺連忙打發我來看看是怎麽樣正說着只見紫鵑從裡間掀起簾子望外看見襲人招手兒叫他襲人輕輕走過來問道姑娘睡着了嗎紫鵑點點頭兒問道姐姐纔聽見說了襲人也點點頭兒蹙着眉道終久怎麽樣好呢那一位昨夜也把我唬了個半死兒紫鵑忙問怎麽了襲人道昨日晚上睡覺還是好好兒的誰知半夜裡一疊連聲的嚷起心疼來嘴裡胡說白道只說好像刀子割了去的是的直鬧到打亮梆子以後纔好些了你說唬人不唬人今日不能上學還要請大夫來吃藥呢正說着只聽黛玉在帳子裡又咳嗽起來紫鵑連忙過來捧痰盒

兒接痰黛玉微微睜眼問道你合誰說話呢紫鵑道襲人姐姐來瞧姑娘來了說着襲人已走到床前黛玉命紫鵑扶起一手指着床邊讓襲人坐下襲人側身坐了連忙陪着笑勸道姑娘倒還是躺着罷黛玉道不妨你們快別這樣大驚小怪的剛纔是說誰半夜裡心疼起來襲人道是寶二爺偶然魘住了不是認真怎麼樣黛玉會意知道是襲人怕自己又懸心的原故又感激又傷心因趁勢問道既是魘住了不聽見他還說什麼襲人道也沒說什麼黛玉點點頭兒遲了半日歎了一聲纔說道你們別告訴寶二爺說我不好看耽擱了他的工夫又叫老爺生氣襲人答應了又勸道姑娘還是躺躺歇歇罷黛玉點頭命

紫鵑扶着歪下襲人不免坐在旁邊又寬慰了幾句然後告辭回到怡紅院只說黛玉身上略覺不受用也沒什麼大病寶玉纔放了心且說探春湘雲出了瀟湘館一路往賈母這邊來探春因囑咐湘雲道妹妹回來見了老太太別像剛纔那樣冒冒失失的了湘雲點頭笑道知道了我頭裡是叫他唬的忘了神了說著已到賈母那邊探春因提起黛玉的病來賈母聽了自是心煩因說道偏是這兩個玉兒多病多災的林丫頭一來二去的大了他這個身子也要緊我看那孩子太是個心細衆人也不敢答言賈母便向鴛鴦道你告訴他們明兒大夫來瞧了寶玉叫他再到林姑娘那屋裡去鴛鴦答應着出來告訴了婆

子們婆子們自去傳話這裡探春湘雲就跟着賈母吃了晚飯然後同回園中去不提到了次日大夫來了瞧了寶玉不過說飲食不調着了點兒風邪沒大要緊疏散疏散就好了這裡王夫人鳳姐等一面遣人拿了方子回賈母一面使人到瀟湘館告訴說大夫就過來紫鵑答應了連忙給黛玉蓋好被窩放下帳子雪雁赶着收拾房裡的東西一時賈璉陪着大夫進來了便說道這位老爺是常來的姑娘們不用廻避老婆子打起簾子賈璉讓着進入房中坐下賈璉道紫鵑姐姐你先把姑娘的病勢向王老爺說說王大夫道且慢說等我胗了脈聽我說了看是對不對若有不合的地方姑娘們再告訴我紫鵑便向帳中扶出黛玉的一隻手來擱在迎手上紫鵑又把鐲子連袖子輕輕的擼起不叫壓住了脈息那王大夫胗了好一會兒又換那隻手也胗了便同賈璉出來到外間屋裡坐下說道六脈皆弦因平日鬱結所致說着紫鵑也出來站在裡間門口那王大夫便向紫鵑道這病時常應得頭暈減飲食多夢每到五更必醒個幾次即日間聽見不干自己的事也必要動氣且多疑多懼不知者疑爲性情乖誕其實因肝陰虧損心氣衰耗都是這個病在那裡作怪不知是否紫鵑點點頭兒向賈璉道說的狠是王太醫道既這樣就是了說畢起身同賈璉往外書房去開方子小厮們早已預備下一張梅紅單帖王太醫吃了茶因提

筆先寫道

六脉弦遲素由積鬱左寸無力心氣已衰關脉獨洪肝邪偏旺木氣不能踈達勢必上侵脾土飲食無味甚至勝所不勝肺金定受其殃氣不流精凝而爲痰血隨氣湧自然咳吐理宜踈肝保肺涵養心脾雖有補劑未可驟施姑擬黑逍遥以開其先後用歸肺固金以繼其後不揣固陋俟高明裁服

又將七味藥與引子寫了賈璉拿來看時問道血勢上冲柴胡使得麽王大夫笑道二爺但知柴胡是升提之品爲吐衄所忌豈知用鱉血拌炒非柴胡不足宣少陽甲胆之氣以鱉血製之使其不致升提且能培養肝陰制遏邪火所以内經說通因通

用塞因塞用柴胡用鱉血拌炒正是假周勃以安劉的法子賈璉點頭道原來是這麽着這就是了王大夫又道先請服兩劑再加减或再換方子罷我還有一點小事不能久坐容日再來請安說着賈璉送了出來說道舍弟的藥就是那麽着了王大夫道寶二爺倒没什麽大病大約再吃一劑就好了說著上車而去這裡賈璉一面叫人抓藥一面回到房中告訴鳳姐黛玉的病原與大夫用的藥述了一遍只見周瑞家的走來回了幾件没要緊的事賈璉聽到一半便說道你回二奶奶罷我還有事呢說著就走了周瑞家的回完了這件事又說道我方纔到林姑娘那邊看他那個病竟是不好呢臉上一點血色也没有

摸了摸身上只剩了一把骨頭問問他也沒有話說只是淌眼淚回來紫鵑告訴我說姑娘現在病着要什麼自己又不肯要我打算要問二奶奶那裡支用一兩個月的月錢如今吃藥雖是公中的零用也得幾個錢我答應了他替他來回奶奶鳳姐低了半日頭說道竟這麼着罷我送他幾兩銀子使罷也不用告訴林姑娘這月錢却是不好支的一個人開了例要是都支起來那如何使得呢你不記得趙姨娘和三姑娘拌嘴了也無非為的是月錢況且近來你也知道出去的多進來的少總繞不過彎兒來不知道的還說我打算的不好更有那一種嚼舌根的說我搬運到娘家去了周嫂子你倒是那裡經手的人這

個自然還知道些周瑞家的道真正委屈死人這樣大門頭兒除了奶奶這樣心計兒當家罷了別說是女人當不來就是三頭六臂的男人還撑不住呢還說這些個混賬話說着又笑了一聲道奶奶還沒聽見呢外頭的人還更糊塗呢前兒周瑞囬家來說起外頭的人打諒着咱們府裡不知怎麼樣有錢呢也有說賈府裡的銀庫幾間金庫幾間使的傢伙都是金子鑲了玉石嵌了的也有說姑娘做了王妃自然皇上家的東西分的了一半子給娘家前兒貴妃娘娘省親回來我們還親見他帶了幾車金銀回來所以家裡收拾擺設的水晶宮是的那日在廟裡還愿花了幾萬銀子只算是牛身上拔了一根毛罷咧有

人還說他們前的獅子只怕還是玉石的呢園子裡還有金麒麟叫人偷了一個去如今剩下一個了家裡的奶奶姑娘不用說就是屋裡使喚的姑娘們也是一點兒不動的喝酒下棋彈琴畫畫橫豎有人伏侍呢單管穿羅罩紗吃的帶的都是人家不認得的那些哥兒姐兒們更不用說了要天上的月亮也有人去拿下來給他頑還有歌兒呢說是寧國府榮國府金銀財寶如糞土吃不窮穿不窮算來說到這裡猛然咽住原來那時歌兒說道是算來總是一場空這周瑞家的說溜了嘴說到這裡忽然想起這話不好因咽住了鳳姐兒聽了已明白必是句不好的話了也不便追問因說道那都沒要緊只是這金麒麟

的話從何而來周瑞家的笑道就是那廟裡的老道士送給寶二爺的小金麒麟兒後來丟了幾天虧了史姑娘撿著還了他外頭就造出這個謠言來了奶奶說這些人可笑不可笑鳳姐道這些話倒不是可笑倒是可怕的咱們一日難似一日外面還是這麼講究俗語兒說的人怕出名豬怕壯況且又是個虛名兒終久還不知怎麼樣呢周瑞家的道奶奶慮的也是只是滿城裡茶坊酒舖兒以及各衚衕兒都是這樣謠言況且不是一件了那裡握的住眾人的嘴鳳姐點點頭兒因叫平兒稱了幾兩銀子遞給周瑞家的道你先拿去交給紫鵑只說我給他添補買東西的若要官中的只管要去別提這月錢的話他也是

個伶透人自然明白我的話我得了空兒就去瞧姑娘去周瑞家的接了銀子答應著自去不提且說賈璉走到外面只見一個小厮迎上來回道大老爺叫二爺說話呢賈璉急忙過來見了賈赦賈赦道方纔風聞宮裏頭傳了一個太醫院御醫兩個吏目去看病想來不是宮女兒下人了這幾天娘娘宮裏有什麼信兒沒有賈璉道沒有賈赦道你去問問二老爺和你珍大哥不然還該叫人去到太醫院裏打聽打聽纔是賈璉答應了一面吩咐人往太醫院去一面連忙去見賈政賈珍賈政聽了這話因問道是那裏來的風聲賈璉道是大老爺纔說的賈政道你索性和你珍大哥到裏頭打聽打聽賈璉道我已經打發

人往太醫院打聽去了一面說著一面退出來去找賈珍只見賈珍迎面來了賈璉忙告訴賈珍賈珍道我正為也聽見這話來回大老爺二老爺去呢于是兩個人同着來見賈政賈政道如係元妃少不得終有信的說着賈赦也過來了到了晌午打聽的尚未回來門上人進來回說有兩個內相在外要見二位老爺呢賈赦道請進來門上的人領了老公進來賈赦賈政迎至二門外先請了娘娘的安一面同着進來走至廳上讓了坐老公道前日這裏貴妃娘娘有些欠安昨日奉過旨意宣召親丁四人進裏頭探問許各帶丫頭一人餘皆不用親丁男人只許在宮門外遞個職名請安聽信不得擅入準于明日辰巳時

進去申酉時出來賈政賈赦等站着聽了旨意復又坐下讓老公吃茶畢老公辭了出去賈赦賈政送出大門回來先禀賈母賈母道親丁四人自然是我和你們兩位太太了那一個人呢衆人也不敢答言賈母想了想道必得是鳳姐兒他諸事有照應你們爺兒們各自商量去罷賈赦賈政答應了出來因派了賈璉賈蓉看家外凡文字輩至草字輩一應都去遂吩咐家人預備四乘綠轎十餘輛翠蓋車明兒黎明伺候家人答應去了賈赦賈政又進去回明賈母辰巳時進去申酉時出來今日早些歇歇明日好早些起來收拾進宮賈母道我知道你們去罷赦政等退出這裡邢夫人王夫人鳳姐兒也都說了一會子元妃的病又說了些閑話纔各自散了次日黎明各屋子裡丫頭們將燈火俱已點齊太太們各梳洗畢爺們亦各整頓好了一到卯初林之孝合賴大進來至二門口回道轎車俱已齊備在門外伺候着呢不一時賈赦邢夫人也過來了大家用了早飯鳳姐先扶老太太出來衆人圍隨各帶使女一人緩緩前行又命李貴等二人先騎馬去外宮門接應自已家眷隨後文字輩至草字輩各自登車騎馬跟着衆家人一齊去了賈璉賈蓉在家中看家且說賈家的車輛轎馬俱在外西垣門口歇下等着一會兒有兩個內監出來說道賈府省親的太太奶奶們着令入宮探問爺們俱着令內宮門外請安不得入見門上人叫快

進去賈府中四乘轎子跟著小內監前行賈家爺們在轎後步行跟着合衆家人在外等候走近宮門口只見幾個老公在門上坐着見他們來了便站起來說道賈府爺們至此賈赦賈政便捱次立定轎子擡至宮門口便都出了轎早有幾個小內監引路賈母等各有丫頭扶着步行走至元妃寢宮只見奎壁輝煌琉璃照耀又有兩個小宮女兒傳諭道只用請安一槩儀注都免賈母等謝了恩來至床前請安畢元妃都賜了坐賈母等又告了坐元妃便向賈母道近日身上可好賈母扶着小丫頭顫顫巍巍站起來答應道托娘娘洪福起居尚健元妃又向邢夫人王夫人問了好邢王二夫人站着回了話元妃又問鳳姐家中過的日子若何鳳姐站起來回奏道尚可支持元妃道這幾年來難爲你操心鳳姐正要站起來回奏只見一個宮女傳進許多職名請娘娘龍目元妃看時就是賈赦賈政等若干人那元妃看了職名心裡一酸止不住早流下淚來宮女兒遞過絹子元妃一面拭淚一面傳諭道今日稍安令他們外面暫歇賈母等站起來又謝了恩元妃含淚道父女弟兄反不如小家子得以常常親近賈母等都忍着淚道娘娘不用悲傷家中已托着娘娘的福多了元妃又問寶玉近來若何賈母道近來頗肯念書因他父親逼得嚴緊如今文字也都做上來了元妃道這樣纔好遂命外宮賜宴便有兩個宮女兒四個小太監引了

到一座宮裡已擺得齊整各按坐次坐了不必細述一時吃完了飯賈母帶著他婆媳三人謝過宴又就擱了一回看看已近酉初不敢羈留俱各辭了出來元妃命宮女兒引道送至內宮門門外仍是四個小太監送出賈母等依舊坐着轎子出來賈赦接着大夥兒一齊回去到家又要安排明後日進宮仍令照應齊集不題且說薛家金桂自赶出薛蟠去了日間拌嘴沒有對頭秋菱又住在寶釵那邊去了只剩得寶蟾一人同住既給與薛蟠作妾寶蟾的意氣又不比從前了金桂看去更是一個對頭自已也後悔不來一日吃了幾杯悶酒躺在炕上便要借那寶蟾作個醒酒湯兒因問著寶蟾道大爺前日出門到底是

到那裡去你自然是知道的了寶蟾道我那裡知道他在奶奶跟前還不說誰知道他那些事金桂冷笑道如今還有什麼奶奶太太的都是你們的世界了別人是惹不得的有人護庇著我也不敢去虎頭上捉虱子你還是我的丫頭問你一句話你就和我摔臉子說攓話你既這麼有勢力爲什麼不把我勒死了你和秋菱不拘誰做了奶奶那不清净了麼偏我又不死礙着你們的道兒寶蟾聽了這話那裡受得住便眼睛直直的瞅着金桂道奶奶這些閒話只好說給別人聽去我並沒合奶奶說什麼奶奶不敢惹人家何苦來拿着我們小軟兒出氣呢正經的奶奶又粧聽不見沒事人一大堆了說着便哭天哭地起

來金桂越發性起便爬下炕來要打寶蟾寶蟾也是夏家的風
氣半點兒不讓金桂將桌椅盃盞盡行打翻那寶蟾只管喊寃
叫屈那裡理會他豈知薛姨媽在寶釵房中聽見如此吵嚷便
叫香菱你過去瞧瞧且勸勸他們寶釵道使不得媽媽別叫他
去他去了豈能勸他那更是火上澆了油了薛姨媽道既這麼
樣我自已過去寶釵道依我說媽媽也不用去由着他們鬧去
罷這也是沒法兒的事了薛姨媽道這那裡還了得說著自已
扶了丫頭往金桂這邊來寶釵只得也跟着過去又囑咐香菱
道你在這裡罷母女同至金桂房門口聽見裡頭正還嚷哭不
止薛姨媽道你們是怎麼著又這麼家翻宅亂起來這還像個

人家見嗎矮牆淺屋的難道都不怕親戚們聽見笑話了麼金
桂屋裡接聲道我倒怕人笑話呢只是這裡掃箒顛倒豎也沒
主子也沒奴才也沒大老婆沒小老婆都是混賬世界了我們
夏家門子裡沒見過這樣規矩實在受不得你們家這樣委屈
了寶釵道大嫂子媽媽因聽見鬧得慌纔過來的就是問的急
了些沒有分清奶奶寶蟾兩字也沒有什麼如今且先把事情
說開大家和和氣氣的過日子也省了媽媽天天爲偺們操心
哪薛姨媽道是啊先把事情說開了你再問我的不是還不遲
呢金桂道好姑娘好姑娘你是個大賢大德的你日後必定有
個好人家好女婿決不像我這樣守活寡舉眼無親叫人家騎

上頭來欺負的我是個沒心眼兒的人只求姑娘我說話别往死裡挑撿我從小兒到如今沒有爹娘教道再者我們屋裡老婆漢子大女人小女人的事姑娘也管不得寶釵聽了這話又是羞又是氣見他母親這樣光景又是疼不過因忍了氣說道大嫂子我勸你少說句兒罷誰挑撿你又是誰欺負你别說是嫂子啊就是秋菱我也從來沒有加他一點聲氣兒啊金桂聽了這幾句話更加拍着炕簷大哭起來說我那裡比得秋菱連他脚底下的泥我還跟不上呢他是來久了的知道姑娘的心事又會獻勤兒我是新來的又不會獻勤兒如何拿我比他何苦來天下有幾個都是貴妃的命行點好兒罷别修的像我嫁

個糊塗行子守活寡那就是活活兒的現了眼了薛姨媽聽到這裡萬分氣不過便站起身來道不是我護着自巳的女孩兒他句句勸你你却句句慪他你有什麼過不去不用尋他勒死我倒也是希鬆的寶釵忙勸道媽媽你老人家不用動氣偺們既來勸他自巳生氣倒多了一層氣不如且去等嫂子歇歇兒再說因吩咐寶蟾道你也别鬧了說着跟了薛姨媽便出來了走過院子裡只見賈母身邊的丫頭同着秋菱迎面走來薛姨媽道你從那裡來老太太身上可安那丫頭道老太太身上好叫來請姨太太安還謝謝前兒的荔枝還給琴姑娘道喜寶釵道你多早晚來的那丫頭道來了好一會子了薛姨媽料他知

道紅着臉說道這如今我們家裡鬧的也不像個過日子的人家了叫你們那邊聽見笑話丫頭道姨太太說那裡的話誰家沒個碟大碗小磕着碰着的呢那是姨太太多心罷咧說着跟了回到薛姨媽房中略坐了一回就去了寶釵正囑咐香菱些話只聽薛姨媽忽然叫道左脇疼痛的狠說着便向炕上躺下唬得寶釵香菱二人手足無措要知後事如何下回分解

紅樓夢八十三回終

紅樓夢第八十四回

試文字寶玉始提親　探驚風賈環重結怨

却說薛姨媽一時因被金桂這場氣慪得肝氣上逆左脇作痛寶釵明知是這個原故也等不及醫生來看先叫人去買了幾錢鈎藤來濃濃的煎了一碗給他母親吃了又和秋菱給薛姨媽捶腿揉胸停了一會兒略覺安頓些薛姨媽只是又悲又氣氣的是金桂撒潑悲的是寶釵見涵養倒覺可憐寶釵又勸了一回不知不覺的睡了一覺肝氣也漸漸平復了寶釵便說道媽媽你這種閒氣不要放在心上纔好過幾天走的動了樂得往那邊老太太姨媽處去說說話兒散散悶也好家裡橫豎有

我和秋菱照看着靠他也不敢怎麼看薛姨媽點點頭道過兩日看罷了且說元妃疾愈之後家中俱各喜歡過了幾日有幾個老公走來帶着東西銀兩宣貴妃娘娘之命因家中省問勤勞俱有賞賜把物件銀兩一一交代清楚賈赦賈政等稟明了賈母一齊謝恩畢太監吃了茶去了大家回到賈母房中說笑了一回了外面老婆子傳進來說小廝們來回道那邊有人請大老爺說要緊的話呢賈母便向賈赦道你去罷賈赦答應著退出來自去了這裡賈母忽然想起合賈政笑道娘娘心裡却甚惦記着寶玉前兒還特特的問他來着呢賈政陪笑道只是寶玉不大肯念書辜負了娘娘的美意賈母道我倒給他上了

個好兒說他近日文章都做上來了賈政笑道那裡能像老太太的話呢賈母道你們時常叫他出去作詩作文難道他都沒作上來麼小孩子家慢慢的教導他可是人家說的胖子也不是一口兒吃的賈政聽了這話忙陪笑道老太太說的是賈母又道提起寶玉我還有一件事和你商量如今他也大了你們也該留神看一個好孩子給他定下這也是他終身的大事也別論遠近親戚什麼窮啊富的只要深知那姑娘的脾性兒好模樣兒周正的就好賈政道老太太吩咐的很是但只一件姑娘也要好第一要他自己學好纔好不然不稂不莠的反倒耽悞了人家的女孩兒豈不可惜賈母聽了這話心裡却有些不

喜歡便說道論起來現放着你們作父母的那裡用我去操心但只我想寶玉這孩子從小兒跟着我未免多疼他一點兒耽悞了他成人的正事也是有的只是我看他那生來的模樣兒也還齊整心性兒也還寔在未必一定是那種沒出息的必至遭塌了人家的女孩兒也不知是我偏心我看着橫竪比環兒略好些不知你們看着怎麼樣幾句話說得賈政心中甚寔不安連忙陪笑道老太太看的人也多了既說他好有造化想來是不錯的只是兒子望他成人的性兒太急了一點或者竟合古人的話相反倒是莫知其子之美了一句話把賈母也慪笑了衆人也都陪着笑了賈母因說道你這會子也有了幾歲年

紀又居着官自然越歷練越老成說到這裡回頭瞅着邢夫人合王夫人笑道想他那年輕的時候那一種古怪脾氣比寶玉還加一倍呢直等娶了媳婦纔略略的懂了些人事兒如今只抱怨寶玉這會子我看寶玉比他還畧體些人情兒呢說的邢夫人王夫人都笑了因說道老太太又說起逗笑兒的話兒來了說著小丫頭子們進來告訴鴛鴦請示老太太晚飯伺候下了賈母便問你們又咕咕唧唧的說什麽鴛鴦笑著回明了賈母道那麽着你們也都吃飯去罷單留鳳姐兒和珍哥媳婦跟着我吃罷賈政及邢王二夫人都答應着伺候擺上飯來賈母又催了一遍纔都退出各散却說邢夫人自去了賈政同王夫

人進入房中賈政因提起賈母方纔的話來說道老太太這麽疼寶玉畢竟要他有些實學日後可以混得功名纔好不枉老太太疼他一塲也不至遭塌了人家的女兒王夫人道老爺這話自然是該當的賈政因派個屋裡的丫頭傳出去告訴李貴寶玉放學回來索性吃飯後再叫他過来說我還要問他話呢李貴答應了是至寶玉放了學剛要過來請安只見李貴道二爺先不用過去老爺吩咐了今日叫二爺吃了飯就過去呢聽見還有話問二爺呢寶玉聽了這話又是一個悶雷只得見過賈母便回園吃飯三口兩口吃完忙漱了口便往賈政這邊來賈政此時在內書房坐着寶玉進來請了安一傍侍立賈政問

道這幾日我心上有事也忘了問你那一日你說你師父叫你講一個月的書就要給你開筆如今算來將兩個月了你到底開了筆了沒有寶玉道纔做過三次師父說且不必回老爺知道等好些再回老爺知道罷因此這兩天總沒敢回賈政道是什麼題目寶玉道一個是吾十有五而志於學一個是人不知而不慍一個是則歸墨三字賈政道都有稿兒麼寶玉道都是作了抄出來師父又改的賈政道你帶了家来了還是在學房裡呢寶玉道在學房裡呢賈政道叫人取了來我瞧寶玉連忙叫人傳話與焙茗叫他往學房中去我書桌子抽屜裡有一本薄薄兒竹紙本子上面寫着窗課兩字的就是快拿来一回兒焙茗拿了來遞給寶玉寶玉呈與賈政賈政翻開看時見頭一篇寫着題目是吾十有五而志於學他原本破的是聖人有志於學幼而已然矣代儒却將幼字抹去明用十五賈政道你原本幼字便扣不清題目了幼字是從小起至十六已前都是幼這章書是聖人自言學問工夫與年俱進的話所以十五三十四十五十六十七十俱要明點出來纔見得到了幾時有這麼個光景到了幾時又有那麼個光景師父把你幼字改了十五便明白了好些看到承題那抹去的原本云夫不志於學人之常也賈政搖頭道不但是孩子氣可見你本性不是個學者的志氣又看後句聖人十五而志之不亦難乎說道這更不成話

了然後看代儒的改本云夫人孰不學而志於學者卒鮮此聖人所爲自信於十五時歟便問改的懂得麼寶玉答應道懂得又看第二藝題目是人不知而不慍便先看代儒的改本云不以不知而慍者終無改其說樂矣方覷着眼看那抹去的底本說道你是什麼能無慍人之心純乎學者也上一句似單做了而不慍三個字的題目下一句又犯了下文君子的分界必如改筆纔合題位呢且下句找清上文方是書理須要細心領略寶玉答應著賈政又往下看夫不知未有不慍者也而竟不然非是由說而樂者曷克臻此原本末句非純學者乎賈政道這也與破題同病的這改的也罷了不過清苦潔說得去第三藝

是則歸墨賈政看了題目自已揚着頭想了一想因問寶玉道你的書講到這裡了麼寶玉道師父說孟子好懂些所以倒先講孟子大前日纔講完了如今講上論語呢賈政因看這個破承倒沒大改破題云言於舍楊之外若別無所歸者焉賈政道第二句倒難爲你夫墨非欲歸者也而墨之言已半天下矣則舍楊之外欲不歸於墨得乎賈政道這是你做的麼寶玉答應道是賈政點點頭兒因說道這也並沒有什麼出色處但初試筆能如此還算不離前年我在任上時還出過惟士爲能這個題目那些童生都讀過前人這篇不能自出心裁每多抄襲你念過沒有寶玉道也念過賈政道我要你另換個主意不許雷

同了前人只做個破題也使得寶玉只得答應着低頭搜索枯腸賈政背着手也在門口站着作想只見一個小小厮往外飛走看見賈政連忙側身垂手站住賈政便問道作什麼小厮回道老太太那邊姨太太來了二奶奶傳出話來叫預備飯呢賈政聽了也沒言語那小厮自去了誰知寶玉自從寶釵搬回家去十分想念聽見薛姨媽來了只當寶釵同來心中早已忙了便乍着膽子回道破題倒作了一個但不知是不是賈政道你念來我聽寶玉念道天下不皆士也能無產者亦僅矣賈政聽了點着頭道也還使得以後作文總要把界限分清把神理想明白了再去動筆你來的時候老太太知道不知道寶玉道知道的賈政道既如此你還到老太太處去罷寶玉答應了個是只得拿捏着慢慢的退出剛過穿廊月洞門的影屏便一溜烟跑到賈母院門口急得焙茗在後頭赶著叫道看跌倒了老爺來了寶玉那裡聽的見剛進得門來便聽見王夫人鳳姐探春等笑語之聲丫嬛們見寶玉來了連忙打起簾子悄悄告訴道姨太太在這裡呢寶玉赶忙進來給薛姨媽請安過來纔給賈母請了晚安賈母便問你今兒怎麼這早晚纔散學寶玉悉把賈政看文章並命作破題的話述了一遍賈母笑容滿面寶玉因問眾人道寶姐姐在那裡坐著呢薛姨媽笑道你寶姐姐沒過來家裡和香菱作活呢寶玉聽了心中索然又不好就走只

見說着話兒已擺上飯來自然是賈母薛姨媽上坐探春等陪坐薛姨媽道寶哥兒呢賈母笑着說道寶玉跟著我這邊坐罷寶玉連忙回道頭裡散學時李貴傳老爺的話叫吃了飯過去我趕着要了一碟菜泡茶吃了一碗飯就過去了老太太和姨媽姐姐們用罷賈母道既這麼着鳳丫頭就過來跟着我你太太纔說他今兒吃齋叫他們自己吃去罷王夫人也道你跟着老太太姨太太吃罷不用等我我吃齋呢於是鳳姐告了坐丫頭安了盃筯鳳姐執壺斟了一巡纔歸坐大家吃着酒賈母便問道可是纔姨太太提香菱我聽見前兒丫頭們說秋菱不知是誰起來纔知道是他怎麼那孩子好好的又改了名字呢

薛姨媽滿臉飛紅歎了口氣道老太太再別提起自從蟠兒娶了這個不知好歹的媳婦成日家咕咕唧唧如今鬧的也不成個人家了我也說過他幾次他牛心不聽說我也沒那麼大精神和他們儘着吵去只好由他們去可不是他嫌這丫頭的名兒不好改的賈母道名兒什麼要緊的事呢薛姨媽道說起來我也怪臊的其實老太太這邊有什麼不知道的他那裡是為這名兒不好聽見說他因為是寶丫頭起的他纔有心要改賈母道這又是什麼原故呢薛姨媽把手絹子不住的擦眼淚未從說又歎了一口氣道老太太還不知道呢這如今媳婦子專和寶丫頭慪氣前日老太太打發人看我去我們家裡正鬧呢

賈母連忙接着問道可是前兒聽見姨太太肝氣疼要打發人看去後來聽見說好了所以沒着人去依我勸姨太太竟把他們別放在心上再者他們也是新過門的小夫妻過些時自然就好了我看寳丫頭性格兒温厚和平雖然年輕比大人還强幾倍前日那小丫頭子回來說我們這邊還都讚歎了他一會子都像寳丫頭那樣心胸兒脾氣兒真是百裏挑一的不是我說句冒失話那給人家作了媳婦兒怎麼叫公婆不疼家裏上上下下的不寳服呢寳玉頭裏已經聽煩了推故要走及聽見這話又坐下呆呆的往下聽薛姨媽道不中用他雖好到底是女孩兒家養了蟠兒這個糊塗孩子真真叫我不放心只怕在

外頭喝點子酒鬧出事來幸虧老太太這裏的大爺二爺常和他在一塊兒我還放點兒心寳玉聽到這裏便接口道姨媽更不用懸心薛大哥相好的都是些正經買賣大客人都是有體面的那裏就鬧出事來薛姨媽笑道依你這樣說我敢只不用操心了說話間飯已吃完寳玉先告辭了晚間還要看書便各自去了這裏丫頭們剛捧上茶來只見琥珀走過來向賈母耳朵旁邊說了幾句賈母便向鳳姐兒道你快去罷瞧瞧巧姐兒去罷鳳姐聽了還不知何故大家也怔了琥珀遂過來向鳳姐道剛纔平兒打發小丫頭子來回二奶奶說巧姐兒身上不大好請二奶奶忙着些過來纔好呢賈母因說道你快去罷姨太

太也不是外人鳳姐進忙答應在薛姨媽跟前告了辭又見王夫人說道你先過去我就去小孩子家魂兒還不全呢別叫丫頭們大驚小怪的屋裡的貓兒狗兒也叫他們留點神兒儘着孩子貴氣偏有這些瑣碎鳳姐答應了然後帶了小丫頭回房去了這裡薛姨媽又問了一回黛玉的病賈母道林丫頭那孩子到罷了只是心重些所以身子就不大狠結實了要賭靈怪兒也和寶丫頭不差什麼要賭寬厚待人裡頭却不濟他寶姐姐有躭待有儘讓了薛姨媽又說了兩句閒話兒便道老太太歇着罷我也要到家裡去看看只剩下寶丫頭和香菱了打那麼同着姨太太看看巧姐兒賈母道正是姨太太上年紀的人看看是怎麼不好說給他們也得點主意兒薛姨媽便告辭同着王夫人出來往鳳姐院裡去了却說賈政試了寶玉一番心裡却也喜歡走向外面和那些門客閒談說起方纔的話來便有新近到來最善大碁的一個王爾調名作梅的說道據我們看來寶二爺的學問已是大進了賈政道那有進益不過略懂得些罷咧學問兩個字早得狠呢詹光道這是老世翁過謙的話不但王大兄這般說就是我們看寶二爺必定要高發的賈政笑道這也是諸位過愛的意思那王爾調又道晚生還有一句話不揣冒昧合老世翁商議賈政道什麼事王爾調陪笑道也是晚生的相與做過南韶道的張大老爺家有一位小姐說

是生的德容功貌俱全此時尚未受聘他又沒有兒子家資巨萬但是要富貴雙全的人家女婿又要出衆纔肯作親晚生來了兩個月瞧着寶二爺的人品學業都是必要大成的老世翁這樣門楣還有何說若晚生過去包管一說就成賈政道寶玉說親却也是年紀了並且老太太常說起但只張大老爺素來尚未深悉詹光道王兄所提張家晚生却也知道況合大老爺那邊是舊親老世翁一問便知賈政想了一回道大老爺那邊不曾聽得這門親戚詹光道老世翁原來不知這張府上原和邢舅太爺那邊有親的賈政聽了方知是邢夫人的親戚坐了一回進來了便要同王夫人說知轉問邢夫人去誰知王夫人

陪了薛姨媽到鳳姐那邊看巧姐兒去了那天已經掌燈時候薛姨媽去了王夫人纔過來了賈政告訴了王爾調和詹光的話又問巧姐兒怎麼了王夫人道怕是驚風的光景賈政道不甚利害呀王夫人道看着是搐風的來頭祇還沒搐出來呢賈政嘆了一聲便不言語各自安歇不提却說次日邢夫人過賈母這邊來請安王夫人便提起張家的事一面回賈母一面問邢夫人邢夫人道張家雖係老親但近年來久已不通音信不知他家的姑娘是怎麼樣的倒是前日孫親家太太打發老婆子來問安却說起張家的事說他家有個姑娘托孫親家那邊有對勁的提一提聽見說只這一個女孩兒十分嬌養也

識得幾個字兒不得大陣仗兒常在屋裡不出來的張大老爺又說只有這一個女孩兒不肯嫁出去怕人家公婆嚴姑娘受不得委屈必要女婿過門贅在他家給他料理些家事賈母聽到這裡不等說完便道這斷使不得我們寶玉別人伏侍他還不穀呢倒給人家當家去邢夫人道正是老太太這個話賈母因向王夫人道你回來告訴你老爺就說我的話這張家的親事是作不得的王夫人答應了賈母便問你們昨日看巧姐兒怎麼樣頭裡平兒來回我說很不大好我也要過去看看呢邢王二夫人道老太太雖疼他他那裡就的住賈母道却也不止爲他我也要走動走動活活筋骨兒說着便吩咐你們吃飯去

罷回來同我過去邢王二夫人答應著出來各自去了一時吃了飯都來陪賈母到鳳姐房中鳳姐連忙出來接了進去賈母便問巧姐兒到底怎麼樣鳳姐兒道只怕是搐風的來頭賈母道這麼着還不請人趕着瞧鳳姐道已經請去了賈母因同邢王二夫人進房來看只見奶子抱着用桃紅綾子小綿被兒裹著臉皮趣青眉梢鼻翅微有動意賈母同邢王二夫人看了看便出外間坐下正說間只見一個小丫頭回鳳姐道老爺打發人問姐兒怎麼樣鳳姐道替我回老爺就說請大夫去了一會兒開了方子就過去回老爺賈母忽然想起張家的事來向王夫人道你該就去告訴你老爺省了人家去說了回來又駁回

又問邢夫人道你們和張家如今爲什麽不走了邢夫人因又
說論起那張家行事也難合偺們作親太嗇剋没的玷辱了寳
玉鳳姐聽了這話已知八九便問道太太不是說寳兄弟的親
事邢夫人道可不是麽賈母接著因把剛纔的話告訴鳳姐鳳
姐笑道不是我當着老祖宗太太們跟前說句大膽的話現放
着天配的姻緣何用別處去找賈母笑問道在那裡鳳姐道一
個寳玉一個金鎖老太太怎麽忘了賈母笑了一笑因說昨日
你姑媽在這裡你爲什麽不提鳳姐道老祖宗和太太們在前
頭那裡有我們小孩子家說話的地方兒况且姨媽過來瞧老
祖宗怎麽提這些個這也得太太們過去求親纔是賈母笑了

邢王二夫人也都笑了賈母因道可是我背晦了說著人回大
夫來了賈母便坐在外間邢王二夫人畧避邢大夫同賈璉進
來給賈母請了安方進房中看了出來站在地下躬身回賈母
道妞兒一半是內熱一半是驚風須先用一劑發散風痰藥還
要用四神散纔好因病勢來的不輕如今的牛黄都是假的要
找眞牛黄方用得賈母道了乏之那大夫同賈璉出去開了方子
去了鳳姐道人參家裡常有這牛黄倒怕未必有外頭買去只
是要眞的纔好王夫人道等我打發人到姨太太那邊去找找
他家蟠兒向來和那些西客們做買賣或者有眞的也未可知
我叫人去問問正說話間衆姊妹都來瞧來了坐了一回也都

跟着賈母等去了這裡煎了藥給巧姐兒灌下去了只見喀的一聲連藥帶痰都吐出来鳳姐纔略放了一點兒心只見王夫人那邊的小丫頭拿着一點兒的小紅紙包兒說道二奶奶牛黃有了太太說了叫二奶奶親自把分兩對準了呢鳳姐答應着接過来便叫平兒配齊了真珠氷片硃砂快熬起来自已用戥子按方秤了攙在裡面等巧姐兒醒了好給他吃只見賈環掀簾進来說二姐姐你們巧姐兒怎麼了媽叫我来瞧瞧他鳳姐見了他母子便嫌說好些了你回去說叫你們姨娘想着那賈環口裡答應只管各處瞧看看了一回便問鳳姐兒道你這裡聽見說有牛黃不知牛黃是怎麼個樣兒給我瞧瞧呢鳳姐

道你別在這裡鬧了妞兒纔好些那牛黃都煎上了賈環聽了便去伸手拿那銚子瞧時豈知措手不及沸的一聲銚子倒了火已潑滅了一半賈環見不是事自覺沒趣連忙跑了鳳姐急的火星直爆罵道真真那一世的對頭寃家你何苦来還来使促狹從前你媽要想害我如今又来害妞兒我和你幾輩子的仇呢一面罵平兒不照應正罵着只見丫頭来找賈環鳳姐道你去告訴趙姨娘說他操心也太苦了巧姐兒死定了不用他惦着了平兒急忙在那裡配藥再熬那丫頭摸不着頭腦便悄悄問平兒道二奶奶為什麼生氣平兒將環哥弄倒藥銚子說了一遍丫頭道怪不得他不敢回來躲了別處去了這環哥兒

明日還不知怎麽樣呢平姐姐我替你收拾罷平兒說道倒不消幸虧牛黄還有一點如今配好了你去罷丫頭道我一准回去告訴趙姨奶奶也省了他天天說嘴丫頭回去果然告訴了趙姨娘趙姨娘氣的叫快找環兒環兒在外間屋子裡躲着被丫頭找了來趙姨娘便罵道你這個下作種子你爲什麽弄灑了人家的藥招的人家咒罵我原叫你去問一聲不用進去你偏進去又不就走還要虎頭上捉虱子你看我回了老爺打你不打這裡趙姨娘正說着只聽賈環在外間屋子裡更說出些驚心動魄的話來未知何言下回分解

紅樓夢第八十四回終

紅樓夢第八十五回

賈存周報陞郎中任　薛文起復惹放流刑

話說趙姨娘正在屋裡抱怨賈環只聽賈環在外間屋裡發話道我不過弄倒了藥銱子撒了一點子藥那丫頭子又沒就死了值的他也罵我你也罵我賴我心壞把我往死裡遭塌等着我明兒還要那小丫頭子的命呢看你們怎麽着只叫他們隄防着就是了那趙姨娘趕忙從裡間出來握住他的嘴說道你還只管信口胡唚還叫人家先要了你的命呢娘兒兩個吵了一回趙姨娘聽見鳳姐的話越想越氣也不着人來安慰鳳姐一聲兒過了幾天巧姐兒也好了因此兩邊結怨比從前更加一層了一日林之孝進來回道今日是北靜郡王生日請老爺的示下賈政吩咐道只按向年舊例辦了回大老爺知道送去就是了林之孝答應了自去辦理不一時賈赦過來同賈政商議帶了賈珍賈璉寶玉去給北靜王拜壽別人還不理論惟有寶玉素日仰慕北靜王的容貌威儀巴不得常見纔好遂連忙換了衣服跟着來到北府賈赦賈政遞了職名候諭不多時裡面出來了一個太監手裡掐着數珠兒見了賈赦賈政笑嘻嘻的說道二位老爺好賈赦賈政也都趕忙問好他兒弟三人也過來問了好那太監道王爺叫請進去呢於是爺兒五個跟着那太監進入府中過了兩層門轉過一層殿去裡面方是內宮

門剛到門前大家站住那太監先進去冋王爺去了這裡門上小太監都迎着問了好一時那太監出來說了個請字爺兒五個肅敬跟入只見北靜郡王穿着禮服已迎到殿門廊下賈赦賈政先上來請安挨次便是珍璉寶玉請安那北靜郡王單拉着寶玉道我久不見你狠惦記你因又笑問道你那塊玉好寶玉躬着身打着一半千兒回道蒙王爺福庇都好北靜王道今日你來沒有什麽好東西給你吃的倒是大家說說話兒罷說着幾個老公打起簾子北靜王說請自已却先進去然後賈赦等都躬着身跟進去先是賈赦請北靜王受禮北靜王也說了兩句謙辭那賈赦早已跪下次及賈政等挨次行禮自不必說

那賈赦等復肅敬退出北靜王吩咐太監等讓在衆戚舊一處好生欵待却单留寶玉在這裡說話兒又賞了坐寶玉又磕頭謝了恩在挨門邊繡墩上側坐說了一回讀書作文諸事北靜王甚加愛惜又賞了茶因說道昨兒巡撫吳大人來陛見說起令尊翁前任學政時秉公辦事凡屬生童俱心服之至他陛見時萬歲爺也曾問過他也十分保舉可知是令尊翁的喜兆寶玉連忙站起聽畢這一段話纔回啟道此是王爺的恩典吳大人的盛情正說着小太監進來回道外面諸位大人老爺都在前殿謝王爺賞宴說着呈上謝宴并請午安的片子來北靜王略看了看仍遞給小太監笑了一笑說道知道了勞動他們那

小太監又回道賈寶玉王爺单賞的飯預備了北靜王便命那太監帶了寶玉到一所極小巧精緻的院裡派人陪着吃了飯又過來謝了恩北靜王又說了些好話兒忽然笑說道我前次見你那塊玉倒有趣兒回來說了個式樣叫他們也作了一塊來今日你來得正好就給你帶回去頑罷因命小太監取來親手遞給寶玉寶玉接過來捧着又謝了然後退出北靜王又命兩個小太監跟出來纔同着賈赦等回來見過賈母便各自回去這裡賈政帶著他三人請過了賈母的安又說了些府裡遇見什麼人寶玉又回了賈政吳大人陛見保舉的話賈政道這吳大人本來偕們相好也是我輩中人還倒是有骨

氣的又說了幾句閒話兒賈母便叫歇著去罷賈政退出珍璉寶玉都跟到門口賈政道你們都回去陪老太太坐着去罷說著便回房去剛坐了一坐只見一個小丫頭回道外面林之孝請老爺回話說著遞上個紅單帖來寫着吳巡撫的名字賈政知道來拜便叫小丫頭叫林之孝進來賈政出至廊簷下林之孝進來回道今日巡撫吳大人來拜奴才回了去了再奴才還聽見說現今工部出了一個郎中缺外頭人和部裡都吵嚷是老爺擬正呢賈政道瞧罷咧林之孝又回了幾句話纔出去了且說珍璉寶玉三人回去獨有寶玉到賈母那邊一面述說北靜王待他的光景並拿出那塊玉來大家看着笑了一回賈母

因命人給他收起去罷別丟了因問你那塊玉好生帶着罷別鬧混了寶玉便在項上摘下來說這不是我那一塊玉那裡就掉了呢比起來兩塊玉差遠着呢那裡混得過我正要告訴老太太前兒晚上我睡的時候把玉摘下來掛在帳子裡他竟放起光來了滿帳子都是紅的賈母說道又胡說了帳子的簷子是紅的火光照着自然紅是有的寶玉道不是那時候燈已滅了屋裡都漆黑的了還看的見他呢邢王二夫人抿着嘴笑鳳姐道這是喜信發動了寶玉道什麼喜信賈母道你不懂得今兒個鬧了一天你去歇歇兒去罷別在這裡說獃話了寶玉又站了一會兒纔回園中去了這裡賈母問道正是你們去看姨太太說起這事來沒有王夫人道本來就要去看因鳳丫頭為巧姐兒病着耽擱了兩天今兒纔去的這事我們告訴了他姨媽倒也十分願意只說蟠兒這時候不在家目今他父親沒了只得和他商量商量再辦賈母道這也是情理的話既這麼樣大家先別提起等姨太太那邊商量定了再說不說賈母處談論親事且說寶玉回到自己房中告訴襲人道老太太和鳳姐姐方纔說話含含糊糊不知是什麼意思襲人想了想笑了一笑道這個我也猜不着但只剛纔說這些話時林姑娘在跟前沒有寶玉道林姑娘纔病起來這些時何曾到老太太那邊去呢正說着只聽外間屋裡麝月與秋紋拌嘴襲人道你兩個又

鬧什麽厮月道我們兩個鬥牌他贏了我的錢他拿了去他輸了錢就不肯拿出來這也罷了他倒把我的錢都搶了去了寶玉笑道幾個錢什麽要緊傻東西不許鬧了說的兩個人都咕嘟著嘴坐着去了這裡襲人打發寶玉睡下不提那說襲人聽了寶玉方纔的話也明知是給寶玉提親的事因恐寶玉每有痴想這一提起不知又招出他多少跳話來所以故作不知自已心上那也是頭一件關切的事夜間躺著想了個主意不如去見見紫鵑看他有什麽動靜自然就知道了次日一早起來打發寶玉上了學自已梳洗了便慢慢的去到瀟湘館來只見紫鵑正在那裡掐花兒呢見襲人進來便笑嘻嘻的道姐姐屋

裡坐著襲人道坐著妹妹掐花兒呢嗎姑娘呢紫鵑道姑娘纔梳洗完了等着溫藥呢紫鵑一面說著一面同襲人進來見了黛玉正在那裡拿着一本書看襲人陪着笑道姑娘怨不得勞神起來就看書我們寶二爺念書若能像姑娘這樣豈不好了呢黛玉笑著把書放下雪雁已拿著個小茶盤裡托着一鍾藥一鍾水小丫頭在後面捧着痰盒漱盂進來原來襲人來時要探探口氣坐了一回無處入話又想着黛玉最是心多探不成消息再惹著了他倒是不好又坐了坐搭訕着辭了出來了將到怡紅院門口只見兩個人在那裡站著呢襲人不便往前走那一個[illegible]看見了連忙跑過來襲人一看那是鋤藥因問你作

什麽鋤藥道剛纔芸二爺來了拿了個帖兒說給偺們寶二爺瞧的在這裡候信襲人道寶二爺天天上學你難道不知道還候什麽信呢鋤藥笑道我告訴他了他叫告訴姑娘聽姑娘的信呢襲人正要說話只見那一個也慢慢的蹭過來了細看時就是賈芸溜溜湫湫往這邊來了襲人見是賈芸連忙向鋤藥道你告訴說知道了回來給寶二爺瞧罷那賈芸原要過來和襲人說話無非親近之意又不敢造次只得慢慢踱來相離不遠不相襲人說出這話自已也不好再往前走只好站住這裡襲人已掉背臉往回裡去了賈芸只得怏怏而回同鋤藥出去了晚間寶玉回房襲人便回道今日廊下小芸二爺來了寶玉

道作什麽襲人道他還有個帖兒呢寶玉道在那裡拿來我看看麝月便走去在裡間屋裡書槅子上頭拿了來寶玉接過看時上面皮兒上寫着叔父大人安禀寶玉道這孩子怎麽又不認我作父親了襲人道怎麽寶玉道前年他送我白海棠時稱我作父親大人今日這帖子封皮上寫着叔父可不是又不認了麽襲人道他也不害臊你也不害臊他那麽大了倒認你這麽大兒的作父親可不是他不害臊你正經連個剛說到這裡臉一紅微微的一笑寶玉也覺得了便道這倒難講俗語說和尚無兒孝子多着呢只是我看著他還伶俐得人心兒纔這麽着他不願意我還不希罕呢說着一面拆那帖兒襲人也笑道

那小芸二爺也有些鬼鬼頭頭的什麼時候又要看人什麼時候又躲躲藏藏的可知也是個心術不正的貨寶玉只顧拆開看那字兒也不理會襲人這些話襲人見他看那字兒皺一回眉又笑一笑兒又搖搖頭兒後來光景竟不大耐煩起來襲人等他看完了問道是什麼事情寶玉也不答言把那帖子已經撕作幾段襲人見這般光景也不便再問便問寶玉吃了飯還看書不看寶玉道可笑芸兒這孩子竟這樣的混賬襲人見他所答非所問便微微的笑着問道到底是什麼事寶玉道問他作什麼偺們吃飯罷吃了飯歇着罷心裡鬧的怪煩的說着叫小丫頭子點了一點火兒來把那撕的帖兒燒了一時小丫頭

們擺上飯來寶玉只是怔怔的坐着襲人連哄帶慪催着吃了一口兒飯便擱下了仍是悶悶的歪在床上一時間忽然掉下淚來此時襲人麝月都摸不着頭腦麝月道好好兒的這又是為什麼都是什麼芸兒雨兒的不知什麼事弄了這麼個混帖子來惹的這麼傻了的是的哭一會子笑一會子要天長日久鬧起這悶葫蘆來可叫人怎麼受呢說着竟傷起心來襲人旁邊由不得要笑便勸道好妹妹你也別慪人了他一個人就彀受了你又這麼着他那帖子上的事難道與你相干麝月道你混說起來了知道他帖兒上寫的是什麼混賬話你混往人身上扯要那麼說他帖兒上只怕倒與你相干呢襲人還未答言

只聽寶玉在床上撲哧的一聲笑了爬起來抖了抖衣裳說咱們睡覺罷別鬧了明日我還起早念書呢說着便躺下睡了一宿無話次日寶玉起來梳洗了便往家塾裡去走出院門忽然想起叫焙茗等急忙轉身回來叫麝月姐姐呢麝月答應着出來問道怎麼又回來了寶玉道今日芸兒要來了告訴他別在這裡鬧再鬧我就回老太太和老爺去了麝月答應了寶玉纔轉身去了剛往外走着只見賈芸慌慌張張往裡來看見寶玉連忙請安說叔叔大喜了那寶玉估量着是昨日那件事便說道你也太冒失了不管人心裡有事沒事只管來攪賈芸陪笑道叔叔不信只管瞧去人都來了在咱們大門口呢寶玉越

發急了說這是那裡的話正說着只聽外邊一片聲嚷起來賈芸道叔叔聽這不是寶玉越發心裡狐疑起來只聽一個人嚷道你們這些人好沒規矩這是什麼地方你們在這裡混嚷那人答道誰叫老爺陞了官呢怎麼不叫我們來吵喜呢別人家盼着吵還不能呢寶玉聽了纔知道是賈政陞了郎中了人來報喜的心中自是甚喜連忙要走時賈芸赶着說道叔叔樂不樂叔叔的親事要再成了不用說是兩層喜了寶玉紅了臉啐了一口道呸沒趣兒的東西還不快走呢賈芸把臉紅了道這有什麼的我看你老人家就不寶玉沉著臉道就不什麼賈芸未及說完也不敢言語了寶玉連忙來到家塾中只見代儒笑

着說道我纔剛聽見你老爺陞了你今日還來了麽寶玉陪笑
道過來見了太爺好到老爺那邊去代儒道今日不必來了放
你一天假罷可不許回園子裡頑去你年紀不小了雖不能辦
事也當跟着你大哥他們學學纔是寶玉答應着回來剛走到
二門口只見李貴走來迎着旁邊站住笑道二爺來了麽奴才
纔要到學裡請去寶玉笑道誰說的李貴道老太太纔打發人
到院裡去找二爺那邊的姑娘們說二爺學裡去了剛纔老太
太打發人出來叫奴才去給二爺告幾天假聽說還要唱戲賀
喜呢二爺就來了說著寶玉自己進來進了二門只見滿院裡
了頭老婆都是笑容滿面見他來了笑道二爺這早晚纔來還

不快進去給老太太道喜去呢寶玉笑着進了房門只見黛玉
挨著賈母左邊坐着呢右邊是湘雲地下邢王二夫人探春惜
春李紈鳳姐李紋李綺邢岫烟一干姐妹都在屋裡只不見寶
釵寶琴迎春三人寶玉此時喜的無話可說忙給賈母道了喜
又給邢王二夫人道喜一一見了衆姐妹便向黛玉笑道妹妹
身體可大好了黛玉也微笑道大好了聽見說二哥哥身上也
欠安好了麽寶玉道可不是我那日夜裡忽然心裡疼起來這
幾天剛好些就上學去了也沒能過去看妹妹黛玉不等他說
完早扭過頭和探春說話去了鳳姐在地下站着笑道你兩個
那裡像天天在一塊兒的倒像是客有這麽些套話可是人說

的相敬如賓了說的大家都一笑黛玉滿臉飛紅又不好說又不好不說遲了一會兒纔說道你懂得什麽衆人越發笑了鳳姐一時回過味來纔知道自己出言冒失正要拿話岔時只見寶玉忽然向黛玉道林妹妹你瞧芸兒這種冒失鬼說了這一句方想起來便不言語了招的大家又都笑起來說這從那裡說起黛玉也摸不着頭腦也跟的訕訕的笑寶玉無可搭赸因又說道可是剛纔我聽見有人要送戲說是幾兒大家都瞅着他笑鳳姐兒道你在外頭聽見你來告訴我們你這會子問誰呢寶玉得便說道我外頭再去問問去賈母道别跑到外頭去頭一件看報喜的笑話第二件你老子今日大喜回來碰見你

又該生氣了寶玉答應了個是纔出來了這裡賈母因問鳳姐誰說送戲的話鳳姐道說是二舅舅那邊說後兒日子好送一班新出的小戲兒給老太太老爺太太賀喜因又笑着說道不但日子好還是好日子呢後日還是卻瞅着黛玉笑黛玉也微笑王夫人因道可是呢後日還是外甥女兒的好生日呢賈母想了一想也笑道可見我如今老了什麽事都糊塗了虧了有我這鳳丫頭是我個給事中既這麽着狠好他舅舅家給他們賀喜你舅舅家就給你做生日豈不好呢說的大家都笑起來說道老祖宗說句話兒都是上篇上論的怎麽怨得有這麽大福氣呢說着寶玉進來聽見這些話越發樂的手舞足蹈了一

時大家都在賈母這邊吃飯甚實熱鬧自不必說飯後賈政謝恩回來給宗祠裡磕了頭便來給賈母磕頭跕着說了幾句話便出去拜客去了這裡接連着親戚族中的人來來去去鬧鬧穰穰車馬塡門貂蟬滿坐眞個是

花到正開蜂蝶鬧　月逢十足海天寬

如此兩日已是慶賀之期這日一早王子騰和親戚家已送過一班戲來就在賈母正廳前搭起行臺外頭爺們都穿着公服陪侍親戚來賀的約有十餘棹酒裡面爲着是新戲又見賈母高興便將琉璃戲屏隔在後廈裡面也擺下酒席上首薛姨媽一棹是王夫人寶琴陪着對面老太太一棹是邢夫人岫烟陪着下面尙空兩棹賈母叫他們快來一回兒只見鳳姐領着衆丫頭都簇擁着黛玉來了那黛玉略換了幾件新鮮衣服打扮得宛如嫦娥下界含羞帶笑的出來見了衆人湘雲李紋李綺都讓他上首坐黛玉只是不肯賈母笑道今日你坐了罷薛姨媽跕起來問道今日林姑娘也有喜事麼賈母笑道是他的生日薛姨媽道咳我倒忘了走過來說道恕我健忘回來叫寶琴過來拜姐姐的壽黛玉笑說不敢大家坐了那黛玉留神一看獨不見寶釵便問道寶姐姐可好麼爲什麼不過來薛姨媽道他原該來的只因無人看家所以不來黛玉紅着臉微笑道姨媽那裡又添了大嫂子怎麽倒用寶姐姐看起家來大約是他

怕人多熱鬧懶待來罷我倒怪想他的薛姨媽笑道難得你惦記他他也常想你們姐兒們過一天我叫他來大家敘敘說著丫頭們下來斟酒上菜外面已開戲了出場自然是一兩齣吉慶戲文及至第三齣只見金童玉女旗旛寶幢引着一個霓裳羽衣的小旦頭上披着一條黑帕唱了幾句兒進去了衆皆不知聽見外面人說這是新打的蕊珠記裏的冥昇小旦扮的是嫦娥前因墮落人寰幾乎給人為配幸虧觀音點化他就未嫁而逝此時昇引月宮不聽見曲裏頭唱的人間只道風情好那知道秋月春花容易拋幾乎不把廣寒宮忘却了第四齣是吃糠第五齣是達摩帶着徒弟過江回去正扮出些海市蜃樓好不熱鬧衆人正在高興時忽見薛家的人滿頭汗闖進來向薛蝌道說二爺快回去一並裏頭回明太太也請回去家裏有要緊事薛蝌道什麼事家人道家去說罷薛蝌也不及告辭就走了薛姨媽見裏頭丫頭傳進話去更駭得面如土色即忙起身帶着寶琴別了一聲即刻上車回去了弄得內外愕然賈母道偺們這裏打發人跟過去聽聽到底是什麼事大家都關切的衆人答應了個是不說賈府依舊唱戲單說薛姨媽回去只見有兩個衙役站在二門口幾個當舖裏夥計陪着說太太回來自有道理正說著薛姨媽已進來了那衙役們見跟從着許多男婦簇擁着一位老太太便知是薛蟠之母看見這個勢派也

就進京來了的如今攛掇的真打死人了平日裡只講有錢有勢有好親戚這時候我看著也是嚇的慌手慌脚的了大爺明見有個好歹兒不能回來時你們各自幹你們的去了撂下我一個人受罪說着又大哭起來這裡薛姨媽聽見越發氣的發昏寶釵急的沒法正鬧着只見賈府中王夫人早打發大丫頭過來打聽來了寶釵雖心知自已是賈府的人了一則尚未提明二則事急之時只得向那大丫頭道此時事情頭尾尚未明白就只聽見說我哥哥在外頭打死了人被縣裡拿了去了也不知怎麽定罪呢剛纔二爺纔去打聽去了一半日得了準信赶着就給那邊太太送信去你先回去道謝太太掂記着底下

我們還有多少仰仗那邊爺們的地方呢那丫頭答應着去了薛姨媽和寶釵在家抓摸不着過了兩日只見小厮回來拿了一封書交給小丫頭拿進來寶釵拆開看時書內寫着大哥人命是悞傷不是故殺今早用蝌出名補了一張呈紙進去尚未批出大哥前頭口供甚是不好待此紙批准後再錄一堂能彀畨供得好便可得生了快向當鋪內再取銀五百兩來使用千萬莫遲並請太太放心餘事問小厮寶釵看了一一念給薛姨媽聽了薛姨媽拭着眼淚說道這麼看起來竟是死活不定了寶釵道媽媽先別傷心等着叫進小厮來問明了再說一面打發小丫頭把小厮叫進來薛姨媽便問小厮道你把大爺的事

細說與我聽聽小厮道我那一天晚上聽見大爺和二爺說的
把我唬糊塗了求知小厮說出什麽話来下回分解

紅樓夢第八十五回終